THIBAULT GARDEREAU

BORIS STEPANOVITCH,
ANTIQUAIRE

D'amour et d'objets

roman

Nous remercions le Conseil des Arts du Canada pour le soutien apporté
à notre programme de publications.

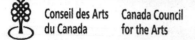

Société
de développement
des entreprises
culturelles
Québec

ISBN:    978-2-89396-304-4


Dépôt légal — 2e trimestre 2008
Bibliothèque et Archives nationales du Québec
Bibliothèque nationale du Canada

Illustration de la couverture : *Jupiter inc.*


Infographie laser: *Scribe-Québec*

228 de la Lande, Rosemère
Québec, Canada  J7A 4J1
Téléphone : 450.965.6624
Télécopieur : 450.965.8839

www.editionshumanitas.com
humanitas@cyberglobe.net

PROTÉGEONS
NOS FORÊTS

Thibault Gardereau

# Boris Stepanovitch, antiquaire

*D'amour et d'objets*

À mes parents,
à ma grand-mère,
et à ma femme
sans qui
je ne serais pas
ce que je suis
aujourd'hui.

Aboli bibelot d'inanité sonore.

Mallarmé

— Deux, oui, deux pour le prix d'un !

Les boniments se répercutaient, s'enflaient, se chevau-chaient. L'exagération et la duperie circulaient de bouche à oreille.

— Authentiques, je vous l'assure, ils sont authentiques !

Les langues se déliaient, se répondaient, s'ignoraient sans se mordre, de peur de perdre une vente. Les voix, elles, débla-téraient, vitupéraient, interpellaient. C'était une chorégraphie de bras, de mains et de doigts en effervescence et en gesti-culation, une véritable cacophonie d'onomatopées, d'inter-jections, de provocations, un effarant jeu d'échos et de mensonges.

— Comment ça, elles ne vous plaisent pas... mais pourtant, elles sont faites pour vous, madame !

Parfois, quelques vérités étaient avancées, susurrées, proclamées.

— Cinquante sous les trois cents pages, c'est peu cher payé pour de la littérature...

Une fois les oreilles aux aguets, tout le monde trouvait chaussure à son pied.

— C'est un quarante-trois, monsieur, vous dis-je.

Céans, rien n'était consommable, ni périssable... Point de pesée, ni de prix au kilo... point de caddie, ni de caisse enregis-treuse, même si les acheteurs repartaient souvent trop chargés et qu'une caisse aurait évité bon nombre d'erreurs de calcul.

— Allez, je vous le laisse à cent et c'est un prix d'ami, croyez-moi !

C'était tout simplement, enfin, si l'on peut parler de simplicité, une vente de trottoir dominicale de particuliers, plus ou moins particuliers, et de professionnels si peu philanthropes. Une foire d'empoigne, comme il y en a beaucoup, résurgence d'un passé paléontologique où tout se fait d'homme à homme, sans fisc, où la palabre des paluches se pratique, coutume ancestrale presque simiesque.

La parole, ici, devenait secondaire, moyen d'échange et de marchandage.

— Il faut toujours négocier, expliquait un père à son fils, ce que tu veux vaut toujours la moitié du prix affiché...

Elle n'était plus primordiale ni communicative. Seules les pulsions persistaient et la plus forte, celle de possession, amadouait tout le monde sans exception.

— Mais c'est du vol, gémit une mégère pomponnée.

— Si vous le trouvez moins cher ailleurs, allez l'acheter, mais ici, le prix n'est plus discutable...

— Vous me coupez les veines !

— Avec le nombre de varices que vous avez, ça ne vous fera aucun mal !

— Allez, faites encore un effort, sans quoi vous allez me mettre sur la paille...

Dans ce stupéfiant brouhaha, ce mirifique capharnaüm déambulait presque un hors-la-loi. Feutre cachant le front et par là même le regard. Redingote floue aux gigantesques poches multiples, sans fond. Tennis pimpantes et amortissant les chocs, épargnant ses pauvres pieds de tant de piétinements, de rebrousse-chemin, de demi-tours et de volte-face. Le regard à l'affût, presque hagard, la convoitise latente, une main dans la poche-revolver, prête à dégainer un portefeuille, en cuir lisse, usé mais bien entretenu, garni de liasses de billets roulées, pliées et maintenues par un élastique, de pièces sonnantes et trébuchantes pour un règlement de compte prompt et sans réclamation.

« Rien ne peut arrêter un Stepanovitch d'obtenir ce qu'il désire ! »

Enfin, c'est ce qu'il aimait à se murmurer chaque matin devant son miroir de Venise et, avant de partir à la chasse, devenant pour lors un rapace sans foi, ni loi, un gangster maniant avec une dextérité déconcertante sa bourse. À peine une cible se présentait-elle dans sa ligne de mire qu'un éphémère sourire sillonnait son visage, si éphémère qu'il restait quasi invisible à quiconque le dévisageait, et particulièrement pour ses adversaires, un sourire qui ne risquait point de dévoiler un quelconque intérêt.

Ce chineur cheminait parmi la foule de badauds, d'acheteurs potentiels, de flâneurs invétérés, ou peut-être même invertébrés tant leur cerveau semblait flasque. Ces gens, tous autant qu'ils sont, auraient mieux fait de dépenser leur argent ailleurs que dans l'achat d'un peu d'éternité, éternité qui encombrerait inéluctablement une cave, un garage, un grenier. Ils dilapident leur argent si durement gagné en babioles ergonomiques, bidules hétéroclites à peine utiles, signe d'une vaine possession.

Sans se laisser distraire par le tumulte, Boris Stepanovitch parcourait la brocante à la recherche de l'objet, ce fameux objet rare, précieux, introuvable, irremplaçable, inestimable, masturbatoire, fait main et achetable à prix modique, si modique que ridicule. Cet objet vieillot, surgissant outre-tombe, passé de mode et pourtant si prisé. Ah, ce cher passé qu'il ne faut en aucun cas oublier ! Il lui fallait juste découvrir cet objet, concrétisation de tous ses rêves, matérialisation de ses désirs enfouis dans son subconscient, de toutes ses attentes, entouré la plupart du temps d'affreux gadgets, de laideurs et de manque de goût.... Cet objet si fabuleux qu'il devient plus important que père et mère, famille et loisirs. Cet objet après lequel on court, sans perdre haleine, comme si l'on cavalait après l'immortalité, désespéré et rempli d'espoir à la fois. Cet objet que Boris espérait dénicher chaque dimanche, mais qui, une fois acquis, ne revêtait plus qu'une valeur pécuniaire ou sentimentale, comblant l'espace d'un instant, d'un instant seulement, cet appétit de choses matérielles, concrètes, avant de le laisser à nouveau affamé, avide du moindre objet rare, précieux, introuvable…

Boris aurait pu donner l'impression d'un promeneur, mais il était prêt à bondir, tel un fauve ayant attendu sa proie des heures durant, immobile, patient et prêt à tout.

Brusquement, il s'arrêta, les yeux fixes, la main fébrile, le corps presque convulsif, alors que son cœur battait la chamade. Elle était là, splendide, aguichante, ses formes attirèrent l'œil de Boris. La moindre de ses courbes subit une inspection et le résultat prit la forme d'une bouche bée. Le sang afflua à son cerveau, son cœur s'accéléra. Des bouffées de chaleur l'oppressèrent, sa convoitise s'embrasa.

Elle, presque immobile, semblait le narguer, l'attendre, lui lancer de subtiles œillades chaque seconde. La couleur mate de son revêtement mettait en valeur l'ivoirin de sa face. Elle trônait là, comme si elle l'avait toujours attendu, comme si leur rencontre devait se produire. Boris sembla balbutier, perdre sa contenance, mais il se reprit très vite. Certes, elle n'était plus toute jeune, mais si parfaitement conservée, garantissant ainsi sa valeur aux yeux de ce chineur. Alors qu'ils se dévisageaient, elle bâilla, tira la langue et émit un tintement sonore, ce qui, loin de surprendre Boris, l'excita encore plus. Son visage sans cesse animé ne cessait de lui signifier qu'il devait se hâter, se presser de la posséder, corps et âme.

Il s'apprêta à avancer vers elle, lorsqu'on le dépassa, cachant ainsi sa céleste vision, au moment même où une voix lui glaça les nerfs.

— Combien pour cette horloge ?

— Cent cinquante.

— Quoi ! Cent cinquante pour cette antiquité et je ne suis même pas sûr qu'elle sonne les heures...

— Mais elle vient de...

— De quoi... je n'ai rien entendu !

La vendeuse tourna la pendule vers elle et fit effectuer, à l'aide de son index, un tour presque complet à la grande aiguille. L'horloge bâilla, tira la langue et un tintement sonore marqua l'heure, alors qu'un sourire placide gagnait le visage de sa propriétaire.

— Vous voyez bien ! Tout fonctionne.

— Va pour cent.

— Je ne descendrai pas au-dessous de cent trente !

— Cent dix !

— Non.

— Disons, alors cent vingt.

L'ardeur brisée par ce gâcheur de métier, Boris restait pétrifié par l'échange qui s'effectuait devant lui, alors que des pensées pleines de dégoût traversaient son esprit. On lui volait son dû... Cette horloge lui passait sous le nez.

Sa main gauche, sûre d'elle, grimpa le long de sa redingote, pénétra la poche-revolver, en sortit le fameux portefeuille, l'ouvrit, prit deux billets que les doigts déplièrent avec dextérité, pendant que le corps de Boris avançait à grands pas, bousculant le gêneur qui s'exclama.

— Eh, faites un peu attention !

Sans daigner l'examiner, Boris abaissa sa main, tenant les billets triomphalement.

— Je la prends à cent cinquante.

— Mais, renchérit le gâcheur de métier, j'étais là avant vous et...

Lui coupant la parole, Boris tenta d'attirer l'attention de la vendeuse, de l'hypnotiser avec les billets en les frottant entre ses doigts.

— Alors ?

— Cent soixante ! proposa l'autre, excédé, presque rageur.

Sans ciller et alors que son autre main farfouillait dans le portefeuille, Boris proposa, souriant et sûr de lui.

— Deux cents !

— Quoi ?

— Alors ?

La vendeuse, attirée par l'appât du gain, regarda le premier preneur avec un air faussement endolori.

— Excusez-moi, mais l'offre de monsieur est de celle qui ne se refuse pas... à moins que...

— C'est un scandale... je vais aller de ce pas me plaindre à qui de droit... vous entendrez parler de moi !

Alors qu'il s'éloignait et ses récriminations avec lui, Boris offrit les billets que la vendeuse prit, satisfaite de l'affaire qu'elle croyait avoir réalisée.

— Voulez-vous un sac pour la transporter ?

— S'il vous plaît, répondit Boris machinalement, mais il était ailleurs, jouissant presque ; un plaisir indéfinissable étreignait son corps tout entier.

Il la possédait... elle était à lui et à lui seul.

Brisant sa félicité, une voix l'interrompit.

— Tenez !

La vendeuse lui tendait l'horloge, prête à se laisser transporter.

— Je l'ai protégée avec du papier bulle...

D'un caractère d'ordinaire peu vindicatif, Boris préférait laisser dans l'ignorance les dépossédés de la valeur intrinsèque de l'objet, mais cette fois-ci, frustré dans son plaisir, il dit, tenant avec fermeté l'horloge :

— Vous savez, cette antiquité vaut plus du double de la somme que je viens de vous donner... alors, encore merci, ma journée est faite... à la prochaine...

— Espèce de...

— De quoi ? Vous ne saviez pas sa vraie valeur... si vous ne l'aviez pas apportée, elle aurait croupi dans votre cave humide, attaquée par la pourriture et les lombrics... et un peu d'histoire se serait perdu, oui, un peu d'histoire... grâce à moi, vous n'êtes pas venue pour rien aujourd'hui, c'est le jeu et puis, il faut bien que j'y gagne à mon tour... c'est la loi du marché ! l'interrompit Boris Stepanovitch

— Ça ne vous empêche pas d'être un escroc !

— Vraiment ? N'avez-vous donc pas gagné plus que prévu ? Et l'autre, n'a-t-il pas essayé de vous faire baisser le prix ? Lui aussi, il avait une petite idée de la valeur de cette horloge et il ne vous aurait pas fait de cadeaux, croyez-moi !

Laissant cette sotte vociférer et régurgiter sa tenace rancune, Boris s'enfonça plus profondément dans ce marché aux puces, guilleret, satisfait de son acquisition. Il venait de rentabiliser sa sortie, même s'il lui fallait encore trouver l'acheteur adéquat, mais cela ne l'empêcha pas d'apercevoir une autre proie. Il s'arrêta, se figea, se recueillit en lui-même, alors qu'autour le bourdonnement s'amplifiait, s'exacerbait, s'exaspérait, que le flot de flâneurs impénitents s'accentuait. Ses yeux se réjouirent, jouirent, sa main trembla, son corps s'extasia, son cœur s'excita, sa convoitise latente le supplicia, le supplia.

*

Boris Stepanovitch ne s'appelait pas réellement Stepanovitch et il aimait à raconter qu'il ne se souvenait plus de son véritable nom, tant il en avait changé. La vérité est que la seule et unique fois où il troqua son patronyme pour un pseudonyme fut lorsqu'il inaugura son magasin d'antiquités. Certes, il s'était toujours appelé Boris, mais Stepanovitch était un souvenir livresque, et qui ajoutait un certain cachet à son statut, anéantissant ainsi la francisation de son nom. *Antiquités et vestiges du passé. Entreprise Stepanovitch et Cie*, entreprise dont il était l'unique employé. De même que ce pseudonyme ronflant, son accent baltique et cette déformation à faire rouler les « r » étaient factices et ne lui servaient que lors d'importantes affaires ou pour s'entourer de mystère.

En temps normal, Boris Stepanovitch était un Européen, même s'il avait le teint albâtre et le regard glacial. Cette ascendance n'était pas créée de toutes pièces, puisque son arrière-grand-père avait fui la mère patrie juste avant la révolution de 1917, prenant la précaution de franciser son nom en passant la dernière frontière qui le séparait de la liberté. Malgré les supplications, Boris n'avait jamais réussi à faire dire à l'un des membres de sa famille son vrai nom, devenu, semble-t-il, source du silence pour ne pas être source de troubles. Tous autant qu'ils étaient, tels les Juifs ne prononçant jamais le nom de Dieu, aucun n'articulait le leur. Se laissant emporter par le romanesque de ses supputations, Boris se perdait en conjectures.

De ses racines slaves, il n'avait hérité que de son prénom. Tout le reste, son esprit l'avait échafaudé, recréé. Parfois, sa famille était de sang royal, parfois, ils étaient de simples réfugiés politiques. On a beau dire qu'un Slave n'oublie pas ses racines slaves, Boris faisait exception à la règle. Son grand-père et encore plus son père s'étaient intégrés, ne voulant plus être assimilés à ce communisme éhonté qui ravageait leur contrée, leur Taïga originelle. De son enfance surgissaient deux souvenirs marquants. L'odeur de ce thé russe que sa grand-mère préparait tous les jours dans un samovar en argent et qui embaumait la cuisine, et, cette pièce-débarras où s'entassaient pêle-mêle les vieilleries d'un passé triomphant, peut-être même un peu trop tsariste.

Adolescent et pour renouer avec ses ancêtres, Boris se mit à boire de la vodka, de mauvaise qualité d'abord, puis qu'il fit acheminer de Russie même. Ah, la Russie qui ne lui manquait pas, mais qui créait en lui une sorte de nostalgie, un vague à l'âme transperçant son regard, ravivant une mélancolie séculaire et poignante... la Russie qu'il n'avait jamais réussi à appeler l'U. R. S. S. !

Boris ne s'était pas spécialisé dans les antiquités, espérant faire revivre son passé ou retrouver des objets soviets. Non, Boris aimait les objets d'art et d'artisanat, tout ce qui avait une valeur historique et monétaire. Ce goût pour l'objet rare, insolite, lui était venu de son père, unique héritage génétique. Ce dernier était un de ces collectionneurs de petits soldats de plomb déjà peints ou à peindre, qui passait des heures à les fignoler pour les rendre plus vrais que nature, et par la suite, à recréer les plus grandes batailles de son pays, escomptant trouver une nouvelle faille dans la tactique adverse, tentant d'enrayer la défaite russe qui figurait dans les manuels d'histoire. À son grand désespoir, Boris n'avait pas le droit d'y toucher et il assistait ainsi, tel un spectateur, un aide de camp, à cette passion puérile. La seule fois où il y prit part fut le jour où son père en proie à une vague tristesse lui avait fait tenir dans ses mains un cosaque de Nicolas I<sup>er</sup> en lui déclarant sentencieusement, les larmes aux yeux :

— Les objets font rêver, mon petit Boris... ne l'oublie jamais !

La mère de Boris venait de mourir.

— Ce petit soldat ne nous quittera pas comme ta mère... non, il ne nous quittera pas, avait murmuré le veuf, avant d'éclater en sanglots et de demander : « Laisse-moi, veux-tu... »

Ainsi, dès son plus jeune âge, Boris avait suivi les pérégrinations de son père, qui, comme beaucoup d'émigrés russes, n'avait pas voulu travailler pour subvenir aux besoins de sa famille, désirant s'en sortir avec plus de panache. Il se spécialisa alors dans le diamant, vendant à de fins connaisseurs ceux que son grand-père avait ramenés de Russie, cachés dans la doublure de sa zibeline, estimant pour les diamantaires la valeur de leurs pierres ou cherchant des clients pour les bijoutiers. Son succès grandit si vite qu'il se mit à son compte, négociant, achetant, expertisant, entraînant Boris à le suivre, lui expliquant comment reconnaître un bon diamant d'un diamant de pacotille, lui apprenant d'abord que chaque diamant était unique et qu'il devait l'examiner comme un cas particulier, lui montrant comment calculer les carats d'une pierre, comment la regarder à la lumière du jour et avec un lorgnon pour déceler les imperfections réduisant la valeur de la pièce, ce que l'on appelle plus communément sa clarté. Il lui fit aussi voir un jour un diamant de qualité VVS1, lui désignant les inclusions en lui confiant :

— Regarde-les, elles sont la personnalité même de ce diamant... apprends à les discerner et à les apprécier...

Boris assista plusieurs fois à la coupe d'une pierre, fasciné par la lumière qui jaillissait à chaque entaille formant une facette à plusieurs angles. Son père le mit en garde contre les fraudeurs, l'avertit qu'un diamant bleu est trop rare pour être vu et qu'un diamant parfait n'existe pas.

Menant un grand train de vie, le père dut par la suite se spécialiser dans les objets d'art, et ses connaissances l'y aidèrent. Ainsi, Boris continua-t-il son apprentissage, apprenant très tôt à distinguer de l'or quatre carats et vingt-cinq carats, un objet d'époque et une réplique contemporaine, une signature de maître et celle d'un faussaire, une commode Louis XV et un buffet yé-yé, tout en évaluant l'état, le travail à fournir en cas de détérioration et la valeur virtuelle de la Sainte-Chose, chose qui allait faire partie intégrante de sa vie. Il vécut au milieu des chiffres et des appellations bizarres du jargon des antiquaires, avec des pierres et des souvenirs au lieu de camarades d'école.

À peine sut-il parler qu'il sut monnayer. À peine toucha-t-il à l'impureté du sexe qu'il adorait la pureté du diamant, de l'objet, courant après avec concupiscence. À peine fut-il majeur qu'il pouvait sans trop se donner de labeur gagner des sommes parfois incroyables. C'est alors qu'il ouvrit son illustre magasin de bric-à-brac, sans négocier le diamant extrablanc que son père lui avait donné pour monter son affaire, et qui trônait dans son coffre-fort, enfermé dans un écrin de velours noir.

Le commerce du diamant étant devenu chose rare, Boris se spécialisa dans l'objet d'art et s'installa dans son bazar, comme il aimait à l'appeler, mais un bazar rangé, épousseté, classé de manière draconienne, presque drastique. Tout était étiqueté et portait deux prix ; la valeur estimée et le prix de vente. Alors que pour son père, les objets avaient constitué un moyen de vivre et parfois de rêver, ils devinrent vite pour Boris toute sa vie, et même une obsession. Il menait ainsi une existence réglée comme du papier à musique, se levant aux aurores pour courir de brocante en vente de trottoir, d'appartement à débarrasser en vente aux enchères, avant de revenir chez lui sur le coup des deux heures pour ouvrir au public son bazar.

*

— Alors ?
— Alors quoi ?
— Eh bien, montre tes acquisitions ! lança Sitruc.

Comme chaque midi, alors que le moment le plus dur de la brocante commençait pour les exposants, que des heures creuses, immobiles, vacantes s'ensuivaient souvent jusqu'à la fin de l'après-midi, Boris se retrouvait avec trois de ses amis, passionnés dans l'âme, brocanteurs de métier, fous d'objets, aliénés dans ce monde par trop matériel. C'était à qui aurait la meilleure prise, aurait escroqué le particulier le plus néophyte, lors d'un repas à la bonne franquette et si arrosé qu'ils en oubliaient souvent leurs obligations. Ils avaient choisi ce bistrot parce que les banquettes étaient confortables et surtout si spacieuses qu'ils pouvaient y entreposer les mille et deux merveilles dont ils s'étaient portés acquéreurs.

— Laisse-moi m'installer, le pria Boris.
— T'installer... t'installer... ça te prend toujours des heures et des heures... tu as si peur d'érafler tes précieux trésors, rétorqua Machineau.
— Ne sois pas si jaloux et si pressé de l'être, sourit Boris, et commandons avant que je ne vous coupe l'appétit !

La serveuse arriva, blasée à l'avance par ces quatre réguliers un peu farfelus, même si elle en pinçait pour le Russe qu'elle aurait bien aimé voir en tête à tête.

— Qu'est-ce que ce sera pour ces messieurs ? les interpella-t-elle.

— Avant tout, déclara Boris en lui tendant un petit paquet, voici un cadeau pour ma serveuse favorite... ma journée a été bonne et je tenais à vous remercier de votre amabilité.

Sans le vouloir ni même le prévoir, Boris radoucit l'humeur de la serveuse, qui n'avait jamais eu comme pourboire un présent si savamment offert.

— Ouvrez-le ! convia Sitruc.

Rougissant de plaisir, elle ne se fit pas prier ; ses doigts légèrement fiévreux déballèrent le papier-cadeau.

— Faites attention, c'est fragile, prévint Boris.

Du papier kraft jaillit une pince à cheveux, non pas une de ces banales barrettes en bakélite transparente que l'on trouve dans n'importe quelle grande surface, mais elle était en or ciselé. De minuscules motifs légèrement bombés couraient sur la pince oblongue, alors qu'en son milieu un reflet jade serti d'argent un peu noirci par l'âge brillait. La serveuse n'en crut pas ses yeux, des larmes y flottaient, hésitant à perler sur ses cils puis ses joues.

— Ce n'est pas du toc, mais je ne peux pas vous garantir le nombre de carats, j'ai oublié ma loupe !

— Tu as oublié ta loupe ? l'irrita Brimborion, le quatrième larron.

L'ignorant, Boris demanda sur un ton paternel.

— Vous plaît-elle ?

— Oui, merci... murmura la serveuse en le gratifiant d'un baiser bruyant et enjôleur sur le front pour cacher sa gêne.

— Alors, apportez une bouteille de vodka, à moins que vous ne vouliez entendre les mémoires de cette pince, car, croyez-moi, elle a appartenu à Jeanne Mance...

— Pitié, mademoiselle, allez vite chercher son tord-boyaux, avant qu'il ne nous rabâche une histoire à dormir debout ! la pria Sitruc.

Ayant déjà subi l'épreuve, la serveuse regarda Boris dans les yeux, détacha ses longs cheveux bruns pour se faire provocante et y accrocha la barrette avant de partir. Malheureusement, Boris n'y vit que coquetterie.

— Ce qui sous-entend que tu as fait une bonne affaire, conclut Machineau.

— Celle du siècle !

— Alors, arrête de nous faire languir.

— Se faire attendre, n'est-ce pas se faire désirer ?

— Tiens, vous savez qui j'ai vu tout à l'heure... l'homme de la ruelle avec son caddie, déclara Sitruc.

— Où ça ?

— À la vente de trottoir.

— Que faisait-il ? interrogea Machineau.

— Il cherchait des objets à offrir comme d'habitude...

La principale occupation de l'homme de la ruelle consistait à nettoyer les rues et à récupérer dans les ordures, bouteilles consignées, vêtements usagés, papiers chiffonnés, meubles rococo, appareils ménagers défectueux... Bref, il faisait du recyclage pour combattre le gaspillage et voulait sensibiliser les citadins à sa vision du monde : propre et ordonné.

Dans les marchés aux puces, son air pouilleux lui permettait de réaliser de bonnes affaires et il en profitait. Les autres praticiens ne l'appréciaient guère, parce qu'il payait rubis sur l'ongle, ne faisait aucun profit et distribuait ses achats à ceux qu'il appelait les orphelins de la charité.

— Pour revenir à ton affaire du siècle... Qui as-tu floué pour la concrétiser ?

— Je n'arnaque jamais... je déleste les gens des choses qui les encombrent... Ce n'est pas pareil ! corrigea le Russe.

Le rituel commença. Les quatre hommes se préparèrent à dévoiler leurs fameuses trouvailles. Boris sortit sa pendule devant le regard médusé des autres.

— Une Boulle du XIX$^e$ !

— Et devinez combien...

— Quatre cents ?

— Moitié moins !

Un « mon salaud » sortit de la bouche de Brimborion, tandis que les deux autres contemplaient l'horloge.

— Alors, c'est ça, ton affaire du siècle, ironisa Sitruc.

— Chaque chose en son temps... montre-nous plutôt ce que tu as acheté !

— Après moult pérégrinations...

— Abrège, le coupa Machineau.

— Je suis tombé sur un petit bijou, avoua-t-il en sortant de son sac à dos une boîte à musique suisse faite main.

— Elle fonctionne ?

— Mieux que ça, elle est signée... d'ailleurs, écoutez-la !

Avec délicatesse, Sitruc fit tourner la petite manivelle et une mélodie légèrement métallique égaya l'atmosphère et les oreilles des autres clients.

— C'est une sonate de Wolfgang ! proclama Boris.

— Et je l'ai payée une misère... renchérit Sitruc.

Machineau, dont le tour approchait, sourit. Il s'était spécialisé dans ce qui n'a pas de valeur mais qui en prend ; les timbres, les cartes postales, les calendriers, les autographes d'écrivains, de vedettes, bref ces choses, qui, aussi absurdes soient-elles, ont une cote ! Boris le surnommait d'ailleurs, comme ses confrères, le collectionneur de vide, de néant et le chasseur d'illusions ; il est si facile de remettre les presses en route et d'imprimer des timbres dits de collection. C'est la quête de la vanité, à la recherche d'une éternité à répétition, atteindre un Graal si facilement accessible qu'il rebondit et change d'objet trop rapidement. La plus grande gloire de Machineau était une feuille entièrement blanche sur laquelle apparaissait fine et noire, la signature de Salvador Dali. Il avait l'habitude de proclamer haut et fort : « le néant, moi, ça me connaît ! »

Il sortit de son cabas à roulettes, qu'il traînait partout et qui grinçait dès qu'il était un peu chargé, plusieurs jouets en plastique. Incrédules, les autres le dévisagèrent et lui demandèrent de concert des explications.

— Des figurines de *La Guerre des étoiles*... les collectionneurs ont réapparu sur le marché et ils achètent ces bouts de plastique une fortune... j'ai là un sacré petit magot ! Vous pouvez me croire !

Les autres le regardèrent un peu médusés.

— C'est un peu comme les Schtroumpfs, conclut Machineau, c'est cyclique, tous les cinq ans, ils sont à la mode.

— Bon, à moi, annonça Brimborion, fermez les yeux !

Tous s'exécutèrent, le sourire aux lèvres, sachant son goût pour la mise en scène et la grandiloquence.

— Allez, admirez ce livre relié à la main ! Il contient un ex-libris peu commun...

Ils se penchèrent pour admirer, l'œil vif, ce que Brimborion leur montrait, et lurent en chœur.

— À ma cousine Anne...

— Anne ? Anne Hébert ?

Boris demanda le titre du livre et Brimborion, le sourire en pointe, déclama presque :

— *Regard et jeux dans l'espace*...

— De Saint-Denis Garneau !

— En personne !

— Édition originale ?

— Parfaitement, monsieur ! Celle-là même qu'il publia à compte d'auteur et pilonna en grande partie !

Tous sifflèrent d'admiration devant cette découverte. Brimborion, encore sûr de lui, souffla :

— Tu veux toujours nous la montrer ton affaire du siècle ou peut-être devrais-je dire de la décennie ?

Indifférent au sarcasme, Boris but d'une seule traite son verre et, n'osant pas le lancer par-dessus son épaule, le reposa sur la table, glissa ses mains dessous et sortit une toile enroulée et attachée par une ficelle.

— J'ai trouvé ça, il y a à peine une demi-heure, alors que je m'apprêtais à vous rejoindre... nos confrères n'ont même pas daigné y jeter un coup d'œil... il faut avouer que ce qu'il y avait autour ne valait pas le détour... mais vous me connaissez, curieux comme pas un, je me suis approché subrepticement...

Tout en parlant, Boris mimait la scène, pour le plus grand plaisir de ses comparses.

— Et en la déroulant, mes yeux faillirent sortir de leurs orbites, énuclées par la volupté...

Il montra le tableau et ses amis le regardèrent sans saisir.

— C'est vrai qu'à première vue, il a l'air banal, mais, en l'examinant de plus près, je me suis tout de suite rendu compte que j'avais affaire à un paysage très spécial... le jeune qui le vendait avait vidé le grenier de sa grand-mère, Dieu le bénisse, pour rembourser ses dettes d'études... c'est alors que je lui ai proposé une misère pour le soulager de cette vieille croûte...

Délicatement, Boris déplaça ses doigts qui cachaient la signature depuis le début et qu'essayaient d'entr'apercevoir les autres. Apparut un nom, non pas celui d'un très grand peintre dont le patronyme sonne aux oreilles comme le nom de n'importe quelle star de cinéma, mais celui d'un grand peintre : Franz Johnston.

— Du Groupe des Sept ?

— Évidemment !

— Authentique ? interrogea Sitruc, crédule.

— On ne peut plus et vous pouvez me faire confiance, répondit Boris.

Stepanovitch jouit en silence de sa victoire. Il avait trouvé la perle rare qu'il revendrait à des amateurs américains, si friands de l'art canadien. Pour ce faire, il n'avait qu'à consulter son précieux petit répertoire glissé dans l'une des poches arrière de son pantalon, ce carnet, vrai trésor à lui tout seul, contenait des adresses d'ici et d'ailleurs, des numéros de téléphone à plus de dix chiffres.

— Bref, ça valait bien un petit cadeau à ma serveuse favorite, en lui lançant un clin d'œil naïf, alors qu'elle déposait son assiette sur la table. Bon appétit, messieurs ! renchérit-il en attaquant son repas.

*

Boris était toujours assis à la même table, dégustant un piètre thé comparé à celui de sa grand-mère. Ses amis venaient de partir, répondant à leurs obligations, le laissant seul à savourer ce qu'il considérait comme un triomphe. Il est des fois où le succès a un goût âcre, amer et laisse seul, désemparé, face au manque d'amitié. La même tristesse que lorsqu'il pensait à sa Russie s'empara de Boris. Ses yeux bleu pâle tirant sur le gris de Davy s'humidifièrent. Il ne remarqua pas la serveuse qui le regardait, le contemplait, tentait d'attirer son attention pour qu'il l'invite à s'asseoir à côté de lui.

D'ailleurs, Boris ne discernait jamais ce genre de choses. Ses amis mettaient ça sur le compte d'un reste de naïveté juvénile, une sorte d'innocence qui le placerait au-delà de toutes formes de séduction et de désir. Les gens qui ne le connaissaient pas ou proue tiraient deux conclusions aussi fausses l'une que l'autre, soit il était non pas un vieux garçon, car, de nos jours, les vieux garçons n'existaient plus et Boris était trop jeune pour se voir affubler de ce statut, mais un homosexuel discret et résigné, soit un être misogyne, dédaigneux de la gent féminine. Lorsqu'il demeurait indifférent aux appâts d'une amazone aguichée par sa beauté slave, son visage taillé à la serpe, son teint crémeux, ses regards si profonds qu'il semblait être ailleurs et ce charme adolescent que possèdent certains hommes bien mûrs, elles en déduisaient immédiatement, si sûres de leurs avantages qu'il ne pouvait être qu'ensorcelé par ceux de son sexe. Quant aux hommes souvent dépités par tant d'insouciance, de succès gâché et d'indifférence aux charmes vénéneux de ces mêmes amazones, ils en tiraient l'unique conclusion valable à leurs yeux : Boris Stepanovitch avait hérité de sa race, la misogynie slave qui rabaisse la femme au statut d'objet.

La vérité est que Boris n'avait pas le temps de prêter attention à ces attraits et surtout à ceux des femmes qui auraient bien voulu l'avoir pour amant. Non, il était fasciné par le monde de bois et de fer où toute sensation est prohibée, abolie. Boris, qui avait déjà passé la trentaine depuis quelques années, ne se rendait pas compte que celles où l'on séduit facilement et surtout où l'on rencontre aisément des jeunes femmes à charmer étaient derrière lui, non pas qu'il n'aurait plus jamais l'occasion de capituler face aux grâces d'une Diane ou de faire succomber une Vénus, mais que ces possibilités deviendraient de plus en plus rares.

Boris n'y songeait guère, plongé dans cet infini réflexif qu'était son cerveau et duquel son imagination l'amenait, tel un guide chevronné, vers des contrées fantastiques, si fantastiques que la réalité ne semblait que peu ragoûtante et le poussait ainsi et peut-être malgré lui, vers cette fuite vers et dans l'objet, source de peu de frustration et de désappointement.

Le thé encore bouillant le ramena brusquement sur terre, dans ce petit restaurant où une serveuse, toujours sous le choc du présent qu'il lui avait offert, allait tenter sa chance.

— Vous ne vous êtes pas brûlé ?

— Ça ira.

— Sûr ? Sinon, il doit bien y avoir quelque chose contre les brûlures dans notre trousse à pharmacie...

— Ne vous inquiétez pas, Isabelle, je m'en remettrai.

Un silence les renvoya tous deux à des préoccupations différentes et fut brisé par Boris.

— La barrette vous a-t-elle fait plaisir ?

— Regardez vous-même, je la porte, dit-elle en se retournant pour lui montrer son chignon.

— Elle vous sied à ravir. Sa couleur dorée rehausse votre chevelure brune...

— Merci, bredouilla Isabelle, rougissant un peu, non pas du compliment, mais de ce qu'elle comptait lui demander. Boris, si vous n'êtes pas pressé, nous pourrions nous promener après mon service et peut-être qui sait, boire un verre ensemble...

Peu à même de déceler toute forme d'allusion, Boris lui répondit sans comprendre ce qui se jouait réellement dans cette discussion qu'il trouvait anodine.

— Ce serait avec plaisir, mais je suis déjà en retard pour l'ouverture de mon bazar... une prochaine fois peut-être...

Il se leva, enfila sa redingote qui pendait au portemanteau, prit son feutre dans ses mains, salua Isabelle par la même occasion et sortit sur le trottoir. Dès qu'il commença à marcher dans la ville, tel un automate, son esprit s'évanouit dans ses pensées et ses jambes arpentèrent le bitume le ramenant, inconscient, vers son magasin. Boris, même s'il était ailleurs, fut pris d'une étrange sensation. La fragilité de son être lui sautait aux yeux. Avait-il toujours été seul ? Avait-il déjà ressenti une douce chaleur bercer son cœur, l'inonder, le noyer de plaisir ? Oui, chaque fois qu'il apercevait un objet, une valeur sûre, d'un passé oublié et si plein de mystères. Boris sourit et s'enfonça plus profondément dans ses pensées. Il approcha de son magasin. L'enseigne *Antiquités et vestiges du passé. Entreprise Stepanovitch et Cie* était en fer forgé, à l'ancienne, et les lettres en relief se penchaient pour éperonner le passant. Le reste de la devanture était en bois peint et verni. Même si l'entretien se révélait coûteux, Boris s'était accordé ce petit plaisir d'avoir une boutique début-de-Siècle.

Avec nonchalance et habitude, il leva la tête pour l'admirer, mais la première chose qu'il vit fut une cliente potentielle qui, loin de flâner, semblait attendre l'ouverture.

— Bonjour, claironna-t-il, en s'avançant, vous m'attendiez...

— Si vous êtes le propriétaire de ce magasin...

— Lui-même, mais j'étais retenu ailleurs, expliqua Boris en cherchant son trousseau de clefs, qui ouvrirait la herse de cette caverne d'Ali Baba. Êtes-vous venue avec une idée précise en tête ou juste en amatrice ?

— Un peu des deux, répondit la femme en souriant.

Boris poussa les grilles de chaque côté, puis la porte, éteignit l'alarme grâce à une télécommande accrochée à son porte-clefs et qui lui permettait aussi d'éclairer son magasin, qui, jusqu'à présent, semblait plongé dans les ténèbres. La vitrine resplendit d'amarante et d'ocre. Des objets surannés prirent leurs contrastes. Un porte-plume en acajou, un baromètre de gousset, pièce unique en son genre, une ancienne maquette de frégate française, un atlas périmé ouvert sur le monde, un vieux mannequin couleur chair et habillé d'une robe crinoline invitait à pénétrer l'antre, comme une hôtesse accueillante et chaleureuse. La lumière pourprée provenait d'un tissu de soie rouge qui tapissait toute la devanture et les abat-jour distillaient un ton terre de Sienne. Entassés sur une étagère en merisier, d'archaïques outils trônaient, un rabot luisant de propreté, une gouge de menuisier, un fer à friser de coiffeur-barbier. Un ancien jeu de tarots était disposé sur un petit guéridon Napoléon III, à trois pieds, en bois laqué noir, orné de fleurs polychromes. Surplombant le tout, une reproduction, la seule du magasin, de la Joconde. Ce pastiche pouvait lui porter ombrage, mais Boris s'en moquait éperdument, tant il était fasciné par ce tableau depuis sa plus tendre enfance.

Après avoir ouvert la porte, il se retourna sur lui-même.

— Après vous, madame !

Elle se faufila dans la tanière de l'antiquaire. Une atmosphère feutrée y régnait et une légère odeur d'archaïsme chatouilla ses narines. Elle se sentit tout de suite à l'aise et commença à regarder autour d'elle. La première chose qu'elle perçut fut une vieille mappemonde safranée qu'un halo illuminait. Toutes les formes autour restaient encore floues, vagues. Boris la dépassa et atteignit un bureau à partir duquel il augmenta la lumière qui passa de tamisée à presque éclatante. Tout se clarifia. Des meubles en bois disséminés çà et là donnaient l'impression fausse d'un labyrinthe. Plusieurs gravures, de nombreux tableaux et des assiettes en faïence ornaient tant et si bien la surface murale qu'il ne semblait plus y avoir assez de place pour en accrocher d'autres. Quant aux objets hétéroclites, c'était une ribambelle indénombrable qui s'éparpillait un peu partout. Un des murs disparaissait sous le nombre des étagères qui, elles-mêmes, s'anéantissaient, croulant sous la quantité des bizarreries. Des vieilles maquettes d'avion étaient accrochées au plafond ainsi que de nombreuses chaises ; en rotin, en osier, en bois de rose... les lampes en vente ou en décoration étaient allumées conférant au lieu un effet fantasmagorique et enchanteur.

— C'est une vraie pièce aux merveilles !

— Merci, dit Boris, mais je vous laisse regarder, j'ai deux ou trois babioles à déballer.

Pendant que la femme déambulait de Bookcases en commodes, de consoles en Davenports, de travailleuses en vaisseliers, Boris déballa avec minutie l'horloge, l'astiqua, la remonta et la posa sur son bureau, en attendant de lui trouver une place, puis il sortit l'illustre tableau, le regarda de plus près et, à l'aide de sa loupe, l'estima et s'assit d'un air satisfait.

— Si vous avez besoin d'un renseignement, n'hésitez pas !

— Je m'en souviendrai.

Boris la laissa seule, politique qu'il avait choisie avec ses clients, détestant lui-même être suivi par un vendeur au compliment facile et au bagou débordant. Il prit son calepin, le feuilleta, trouva ce qu'il cherchait, composa sur son téléphone, modèle datant de Mathusalem, le numéro de son client et coinça le combiné entre son épaule et sa joue.

— Bonjourrr, entonna-t-il, reprenant son accent slave, c'est Borris Stepanovitch à l'apparrreil, votrrre fourrrnisseurrr officiel... trrrès bien merrrci, et vous ?... Alorrrs, tout est parrrfait... Dites, j'ai pourrr vous un petit quelque chose qui pourrrait vous intérrresser... Oh, mais ne vous excitez pas, c'est une brrroutille de rrrien du tout... vous voulez passer et le plus tôt serrra le mieux... attendez... laissez-moi consulter mon agenda...

Boris releva la tête, fit un clin d'œil à la femme qui le dévisageait, une lueur d'étonnement et d'amusement dans les yeux.

— Me rrrevoilà, disons vendrrredi prrrochain... non, non pas demain, l'autrrre... parrrfait... alorrrs, à la semaine prrrochaine... n'oubliez pas votrrre mallette...

Boris raccrocha et alla mettre le tableau en lieu sûr dans le coffre dissimulé dans son cabinet. À peine ressortit-il que la femme lui demanda :

— Combien pour ce chandelier ?

Boris le prit dans ses mains.

— Tenez, soupesez-le...

La femme parut étonnée.

— Oui, il est en fer forgé... c'est du travail d'orfèvre, croyez-moi... d'ailleurs, regardez ici, il est estampillé... les moulures sont intactes... il n'est même pas ébréché, mais ce qui le rend encore plus ahurissant, ce sont ses bougies... observez-les de plus près...

— Elles ne ressemblent pas à celles qu'on utilise d'habitude.

— Vous avez mis le doigt dessus... ce sont des chandelles si vieilles que le marquis de Montcalm lui-même aurait pu les souffler... Imaginez-le sur les plaines d'Abraham, penché sur sa table de camp, élaborant le plan d'attaque du lendemain, jour de sa défaite... Il est si sûr de lui et de ses forces en présence qu'au lieu de bien étudier son plan directeur, il préfère éteindre ses bougies et se coucher pour être sur le pied de guerre à l'aurore... le voilà livrant bataille, perdant du terrain, alors que ce chandelier reste seul dans la tente. Ses adversaires font un carnage dans les troupes françaises qui battent en retraite. Les Anglais pillent tout. Le partage du butin a lieu. Un gradé se voit attribuer le chandelier... chandelier qu'il n'utilisera pas, comme les bougies le prouvent... et par quel mystère je l'ai déniché dans un petit village de l'Outaouais, ça, l'Histoire ne le dit pas... car, malheureusement l'Histoire ne dévoile pas tout...

La femme semblait fascinée par une telle conviction, dans un état second, presque obnubilée, charmée par le ton et la verve de Boris qui avait hérité cette faculté de sa mère qui ne cessait d'inventer et de réinventer des souvenirs et des anecdotes historiques, ajoutant des détails colorés, jouant avec l'art d'émouvoir. Après avoir donné vie aux objets, Boris assenait le coup, certes, son récit était factice, mais il aurait pu être authentique.

— Ce morceau d'histoire ne vaut que la piètre somme de cent vingt et c'est donné !

— Je le prends à soixante.

— Allez, je suis beau joueur, coupons la poire en deux. Je le laisse partir à quatre-vingt-dix.

— Vendu !

Boris l'empaqueta en songeant à ses clients qui achetaient souvent autant l'objet que l'histoire de l'objet.

— Tenez, ajouta-t-il, voici ma carte… Si par hasard, vous avez besoin de mes services, je vide les caves, les garages, les greniers et puis si vous cherchez quelque chose de précis, comme, par exemple, une montre à fermoir en or que votre grand-mère portait, je peux, si vous n'êtes pas pressée, retrouver un modèle plus ou moins identique... alors, pensez à moi...

\*

Boris collectionnait tout et bien plus encore, mais, à l'instar de Machineau, il n'avait jamais été attiré par les cartes postales, les timbres, ni les pièces de monnaie. Boris n'était pas un chasseur d'infini. Lui, ce qui l'intéressait, c'était la quête du fini, de l'objet fini, qui ne se fait plus ou très peu et qui n'a pas la capacité de se reproduire à tant d'exemplaires. Cet objet pour lequel des mains ont souffert, encore et encore, jusqu'à ce qu'il soit achevé, unique en son genre. Bref, ce que l'on appelle plus couramment les objets d'art, ou serait-ce mieux de dire d'artisanat. Ce savoir-faire, qui rend aux objets leurs vraies places, les faisant presque et pour ainsi dire vivre, respirer, du moins exister, telles des plantes décoratives, avait toujours fasciné Boris. D'ailleurs qu'y avait-il de plus séduisant qu'un bel objet pour un Stepanovitch ?

Il paracheva ses comptes et entr'aperçut par la fenêtre le rougeoiement du coucher de soleil. Il était heureux, enfin le croyait-il. Il se leva, mit un peu d'ordre dans son capharnaüm, posa l'horloge à la place qu'occupait le chandelier.

Le magasin était situé dans une rue peu passante, tranquille, et il arrivait souvent qu'aucun acheteur ne vienne chez lui à son plus grand plaisir. La plus importante part de son chiffre d'affaires se faisait avec sa clientèle très sélecte. Pour rien au monde, Boris n'aurait voulu d'une boutique qui ne désemplirait pas. Il s'occupait alors à rêver, réparer, astiquer ses objets, leur inventer des histoires rocambolesques, découvrir leurs origines en feuilletant encyclopédies, livres spécialisés et, le temps s'écoulait en général assez rapidement.

À la fin de sa journée, il se dirigea vers la porte pour profiter du crépuscule. La même idée lui traversait toujours l'esprit. Ce qu'avait créé la nature était splendide, magnifique, à couper le souffle, mais ce qu'avait inventé l'homme l'était plus encore. Son plus grand mérite n'était pas de pouvoir créer la vie, car c'était pour Boris une simple fonction, une pulsion reproductrice, tout comme la nature le faisait tous les jours. Non, son plus grand mérite était d'avoir créé l'objet, qu'il fût utile ou futile. Boris se plaisait d'ailleurs à rappeler que l'inventeur du presse-purée avait plus aidé l'humanité que n'importe quel philosophe.

L'homme, créature divine, était le créateur de l'Objet et par la même occasion d'une nouvelle religion : le culte de l'Objet. Pour lui, point trop n'en faut et surtout pas de prières, ni de foi, point d'ablutions ni de contrition, juste un rapport direct, journalier. Peut-il y avoir une religion plus tolérante que celle qui fournit à chacun, le Dieu-Objet qu'il désire, qui lui convient, soit par plaisir, soit par besoin ? D'ailleurs, bien au-delà de l'argent et du travail, l'objet n'est-il pas le dieu du XXI$^e$ siècle, omniscient et indifférent, convoité et respecté, alors que la nature n'est qu'un cadre, un décor ? Qu'y a-t-il de plus poignant que des ruines au beau milieu d'arbres, des artefacts enterrés sous les siècles, signe d'une humanité ?

Dieu, dans son insouciance divine, a juste conçu l'homme à son image, alors que ce dernier, inventeur de génie, créa à travers l'objet, la multiplicité des formes et l'immortalité. Il était donc normal que Boris cavale, cherche ces objets, fontaine de jouvence, qui peut-être le maintenaient en vie.

Ennuyé de sa contemplation méditative, il se secoua :

— Bon, assez rêvassé, il est temps de fermer !

Sur ce, il empoigna les deux herses par l'intérieur, les joignit, les boucla à double tour, enclencha le système d'alarme, traversa son magasin, ouvrit une porte-trompe-l'œil, déguisée en bibliothèque, et arriva chez lui. Son appartement juxtaposé à son magasin était calme, silencieux. Il farfouilla un peu partout, dénicha la télécommande et alluma son poste de télévision, histoire de mettre un peu d'ambiance et de se divertir l'esprit de tant de réflexions, sachant qu'il ne trouverait pas le sommeil s'il continuait à réfléchir.

— Allez, un petit remontant me fera du bien ! proclama-t-il à voix haute, répondant au présentateur télé.

Il ouvrit son bar Sheraton, sortit une bouteille de vodka déjà bien entamée et se servit un bon verre qu'il descendit goulûment. Il repensa à sa journée et à ses achats matinaux. L'excitation qu'il avait ressentie réapparut. C'est vrai qu'il avait conclu de mirobolantes tractations. Avec concupiscence, il pensa aux objets qu'il avait entreposés dans sa cave, pour son plaisir personnel, et ne put réprimer l'envie de les voir.

Il se leva, toujours en proie à son désir solitaire et se dirigea vers un escalier qui semblait descendre dans l'antre d'un receleur. Après avoir ouvert la porte qui barrait l'accès à sa véritable caverne d'Ali Baba et où une gargouille ressemblant étrangement à celles de Notre-Dame repoussait les esprits bien intentionnés, Boris y pénétra. Il y faisait un noir sépulcral jusqu'à ce que, tâtonnant, il réussisse à atteindre l'interrupteur. Pendant quelques instants, Boris fut pris d'épouvante, croyant qu'un voleur l'avait délesté de tous ses biens, mais, une fois que ses pupilles se furent acclimatées, il les aperçut et son désir grandit.

Il y avait des meubles Louis XVI et non pas juste style Louis XVI, des toiles de maître accrochées de-ci, de-là, des livres reliés et dédicacés en édition originale, une antique bible, l'intégrale de Balzac et de Hugo, des outils qui vus ainsi ressemblaient à des instruments de torture. Le sol moquetté rouge grenat était recouvert de tapis historiques. Une soie tissée des Gobelins ornait un mur. Dans un coin, comme des rides, s'entassaient sur des étagères prévues à cet effet des appareils électriques monstrueux et monstrueusement antédiluviens. Dans un meuble vitré, quelques bijoux, reliques des temps primitifs, brillaient, éblouissaient l'œil du profane. Un étage en dessous se bousculaient des vieilles bouteilles encore remplies et certainement éventées. Dans un angle et aussi surprenant que cela puisse paraître était suspendue une esquisse d'autoportrait signée De Vinci, trophée rare, si rare que peu de gens en connaissent l'existence. Sur un des murs, trônait, fixée, sa collection de chapeaux ; bicorne, borsalino, canotier, gibus, haut-de-forme, huit-reflets, melon, panama, sombrero, toque, tube...

La pièce était boisée, beige, ambrée. Au plafond, un luminaire à suspension en opaline distillait cette lumière cuivrée, d'abord aveuglante et maintenant si chaleureuse. Une sculpture grecque en marbre noir s'évertuait à rester allongée, une autre signée Rodin mettait en valeur une table basse. Des vases de Sèvres et d'autres venant des quatre coins du globe étaient posés un peu partout. Un service entier poinçonné et en or dix-huit carats était installé sur une table Renaissance en chêne massif dont les pieds sculptés représentaient des scènes bibliques. Sur un socle, une épée du XVI$^e$ siècle et fabriquée à Tolède scintillait de mille feux. Le couvercle béant d'un petit coffre digne d'un pirate laissait apparaître de nombreuses orfèvreries néo-classiques, entassées les unes sur les autres. Sur un mur, les tableaux n'étaient que des portraits ou des autoportraits à l'huile. Tous semblaient regarder Boris qui avançait avec précaution entre ses bibelots, régressant à chaque pas dans un passé sans présent ni futur.

— Cesse de regarder ce sacré lustre... encore une occasion que Grand-mère a rapportée de la liquidation des stocks européens... Écoute-moi, mon garçon. C'est important, la vie. Il faut s'y cramponner. D'ailleurs, il n'y a rien d'autre... criait la télé restée allumée à l'étage supérieur.

Il regardait ses objets un par un et son excitation se précisa.

— Cette Europe n'est rien d'autre qu'une vente aux enchères, voilà tout ce que c'est, ce tas de vieux endroits usés, finis, une gigantesque vente aux enchères après incendie, une énorme fichaise...

N'en tenant plus, il se laissa choir à terre, au beau milieu de cette confusion, dans sa cave sans fenêtres.

— Mais la vie... la vie, ça ne s'achète pas. C'est même la seule chose qu'on ne puisse s'acheter, pas plus à cette vente aux enchères d'Europe que sur le marché américain, ou sur n'importe quel autre marché du monde. Personne ne peut acheter ni racheter sa vie quand elle est épuisée...

Il commença à satisfaire ses pulsions, allongé entre des vestiges et des débris.

— L'homme est le seul animal qui sache qu'il doit mourir, mais ça ne le rend pas plus doux, ni plus pitoyable...

Boris se délecta sous les yeux impassibles des portraits.

— Oui, mon garçon, la bête humaine doit mourir et qu'est-ce qu'elle fait contre ça ? Je vais te le dire. Sitôt qu'elle a un peu d'argent, elle achète, achète et achète... Pourquoi ? Tu demandes. Mais parce qu'elle se figure qu'au milieu de cette montagne de choses qu'elle a achetées, il y a la vie éternelle ! En quoi elle se trompe !

Le son de la télévision troublait son esprit, retardant l'ultime félicité. Ce dialogue tiré de *La Chatte sur un toit brûlant* de Tennessee Williams s'insinua entre les pensées floues de Boris, les images de courbes qui traversaient son esprit et les situations d'époque.

— Un cochon pousse des cris, un homme se tait. Quoique, à bien des égards, sachant qu'il doit mourir, cet homme soit plus mal loti que le cochon. L'homme est le seul être au monde qui s'attende à la mort. Le cochon la voit venir à la dernière minute et il pousse des cris ; l'homme se tait... si c'est un homme fort...

Finalement, le reste du dialogue se perdit dans la confusion de l'esprit de Boris et dans les limbes de la charnalité. Il resta ainsi la tête bourdonnante de plaisir de longues et voluptueuses minutes, savourant ce qu'il croyait posséder.

Il resta allongé dans cette cave jusqu'à ce que la faim le tenaille. Alors, il se leva, fit un détour par la salle de bains pour se doucher. Enfin, il sortit, habillé d'un peignoir moiré, prêt à dévorer un copieux repas.

Tout en préparant son dîner, Boris décida qu'il mangerait devant un dessin animé de ce cher Walt Disney. Depuis son enfance, Boris éprouvait une sorte de fascination. Ces dessins animés éveillaient en lui un espoir, celui que les objets puissent parler, communiquer, se mouvoir, non plus être, mais mener une vie à part entière, indépendante de la nôtre. Il les avait d'ailleurs tous, même certains qu'il s'était procurés illicitement. Ils lui rappelaient son enfance solitaire durant laquelle à défaut de frères et de sœurs, il avait eu les jouets de sa chambre pour uniques compagnons. Combien de fois avait-il entretenu une conversation avec ses peluches ou s'était plu à penser que dès qu'il s'assoupissait, elles vivaient leur train-train habituel. Son père se prêta même un peu à ce jeu, déplaçant quelquefois des objets au plus grand plaisir de son fils.

Ainsi, Boris s'installa un plateau-repas, s'écrasa dans un fauteuil Henri IV, espérant qu'aucun Ravaillac ne viendrait le trucider et mit dans la gueule béante du lecteur un DVD sur lequel était inscrit *Toy Story 1* et *2*.

\*

Les jours se succédèrent, pauvres, blêmes... ils s'étaient toujours succédé ainsi... et Boris ne s'en rendait pas compte, occupé par tous ces objets, ces êtres inanimés avec qui il est si facile de vivre. D'aucun ne vous remettra en question ou ne sera en désaccord avec vous. L'amour que vous éprouvez pour eux, tout de fer qu'ils sont, ne sera jamais bafoué, même s'il n'est pas réciproque. « Aime-moi, dit l'objet, et je te servirai ! Ne m'aime pas et je te servirai aussi, égal à moi-même ! À moins que tu ne décides de me casser, alors tu n'auras qu'à t'en prendre à toi et à toi seul ! »

Boris luttait contre la solitude, la prise de conscience, en envahissant sa vie d'une multitude d'actions, de projets, d'obligations qui n'en étaient pas. En fin de journée, s'il se retrouvait face à un manque d'occupation, voilà qu'il parcourait la ville au volant de sa camionnette, de poubelles en décharges, d'immondices en ordures, tel Parsifal, à la recherche de son Graal, mais le Graal est en nous. Boris espérait dénicher un petit quelque chose à vendre ou à collectionner. Il avait voué sa vie et son manque de foi en Dieu, à l'Objet, but de toutes ses aspirations. En lui, il voyait le Messie. Si l'homme ne peut sauver l'homme, alors l'objet le fera. D'ailleurs, Boris restait envoûté par toutes ces machines que l'on inventait tous les jours pour venir en aide à l'humanité.

Stepanovitch, même s'il n'osait l'avouer, adorait fouiller les poubelles et y trouver un petit trésor, parfois sans valeur, d'autres fois plus appréciable. Dès qu'il en apercevait plusieurs regroupées assez aguichantes pour attirer son attention, c'est-à-dire meubles entassés et babioles abandonnées, la première question qui lui frappait de plein fouet l'esprit était : « Est-ce que je suis le premier ? » Pour y répondre, il observait avec minutie en se garant s'il y avait des traces de vandalisme, des indices de fouilles, de pillards... Ensuite, se dirigeant vers les poubelles, il estimait l'état, la rareté, l'ancienneté, l'authenticité et les bénéfices éventuels. Enfin, il posait la main dessus, le contemplait, l'esprit évidé, de singulières secondes avant d'entériner ou de réfuter son évaluation visuelle en touchant le meuble, vérifiant ses supputations et sa condition. Si c'étaient des objets, il s'accroupissait, fouillait le sac ou le conteneur jusqu'à débusquer ce qui pourrait l'intéresser. Il faisait tout machinalement, presque comme un automate. Cette partie de la besogne achevée et après avoir repris sa prestance, Boris jetait un coup d'œil autour de lui, un peu honteux de s'être abandonné à sa passion ordurière, espérant que personne ne l'avait vu et que son manège n'était pas devenu le clou du spectacle citadin.

Enfin assuré qu'il était seul et qu'aucun rôdeur de son acabit ne surgirait pour lui voler ses trouvailles, il revenait à son camion, ouvrait les portes latérales, installait une couverture sur le sol et repartait chercher ses trésors. Parfois, les meubles étaient si lourds qu'il ne pouvait les transporter et une rage folle, sourde, s'emparait de lui. Il pestait contre la Providence qui fait toujours mal les choses et son manque de force qui n'arrangeait rien. Dans ce cas-là, il avait deux possibilités, soit s'échiner à mettre le meuble dans le camion au risque de se rompre le dos, soit tenter de partir et de contacter un de ces trois forbans qui se prétendaient ses amis pour que l'un d'entre eux l'aide et y gagne sa part.

S'il pouvait exécuter la besogne seul, il effectuait des allers-retours jusqu'à ce que les poubelles ne soient plus que des poubelles. Ses virées se terminaient à la nuit tombée et parfois même plus tard. Boris se préparait toujours un thermos de café, une bonne veste et une grosse lampe de poche. Il avait même un de ces casques de mineur avec une lampe sur le faîte lui permettant de conserver les mains libres.

Bref, Boris comblait le vide de son existence par une foule d'activités liées à son métier.

La journée, deux de ses occupations favorites étaient de courir les ventes aux enchères et d'arpenter les musées.

Dans les ventes aux enchères, il achetait très peu et uniquement par plaisir. Mais il aimait à se retrouver avec des amateurs comme lui, sans pour autant échanger une parole, regarder les collections défiler et le manège des mains levées se succéder.

Les musées, il les parcourait pour le frisson du passé, la passion du savoir-faire. Il restait parfois des heures durant devant de séculaires objets de métallurgie ou des services préhistoriques ciselés par le plus fin graveur qui fût. D'autres fois, il se rinçait l'œil en regardant les statues et les tableaux, sidéré par la matière elle-même, non par les formes.

Il y avait aussi ce qu'il appelait les déménagements-éclair. Boris avait une annonce à l'année dans un hebdomadaire pour débarrasser promptement et de fond en comble. Il faisait place nette, nettoyait par le vide et rentrait bien largement dans ses frais. Les gens qui l'appelaient étaient des petits malins qui voulaient se dépouiller de deux ou trois pièces encombrantes, des personnes avec un décès sur le dos et qui ne pouvaient pas s'occuper de vider les lieux, du reste, des restes, ou des personnes qui changeaient de situation et de ville. Boris venait alors une première fois pour l'expertise de la marchandise puis louait les services de déménageurs et récupérait dans son garage tous les biens qui l'intéressaient, alors que les autres finissaient à la décharge, devenant la proie d'autres rapaces. De temps à autre, il mettait aussi une annonce pour attirer les clients directement dans l'appartement en question. Les antiquaires et collectionneurs accouraient alors ventre à terre, la tête basse, l'esprit agité, espérant réaliser une affaire miraculeuse.

En quelques mots, Boris s'en sortait bien financièrement parlant et avait peu de temps à consacrer à d'autres passions.

La possession flétrit toutes choses.

Proust

Le vendredi tant attendu arriva et Boris se mit sur son trente-et-un, comme chaque fois qu'il avait à négocier une affaire. Il calma son excitation en rangeant son magasin et en préparant la venue de son client américain. Il installa le tableau sur un présentoir et inclina les lumières de manière à le mettre en valeur et à ce qu'il soit visible la porte d'entrée à peine franchie. Boris adorait ces mises en scène qu'il élaborait avec patience, se jouant dans sa tête toutes les possibilités envisageables.

Il achevait son installation lorsque le bruit de la porte et le bruissement d'un courant d'air le fit se retourner, tout sourire, mais avant qu'il ne perçût de visu le nouvel arrivant, une voix éraillée et chevrotante lui glaça le sang.

— La bonne aventurrre, laissez-moi vous dirrre la bonne aventurrre... gémit une harpie en haillons.

Boris finit sa rotation et aperçut le visage ravagé à qui appartenait cette voix. La peau mate burinée par l'âge, les privations et le soleil, les cheveux filasse, malpropres, tirés en arrière et ceints par un bandeau aussi noir que sa chevelure, striée par endroits de mèches laiteuses, des rides à faire frémir une coquette, des breloques différentes à chaque oreille, une en argent représentant un oiseau, l'autre en or schématisant un ours. Ce qui surprit le plus Boris, même s'il s'y attendait, fut le regard gris-bleu, cristallin, limpide, des yeux qui avaient vu la Taïga, l'avaient ressentie, des yeux qui avaient parcouru la Toundra de la mère patrie, des pieds qui avaient foulé la

49

Merzlota sibérienne et un accent reconnaissable entre tous, celui d'une Tzigane pure souche.

— La bonne aventurrre pourrr quelques pièces, mon seigneurrr...

Cette romanichelle devait être arrivée en ville avec sa troupe et mendiait un peu d'argent.

— Non, merci. J'attends quelqu'un !

— Ça ne prrrendrrra que quelques minutes... Qui es-tu pourrr rrrefuser de savoirrr ton avenirrr ?

— Quelqu'un qui vit dans le présent !

— Ou plutôt dans le passé... répliqua la vieille manouche.

Boris tressaillit. Comment pouvait-elle savoir ? Mais ne suffisait-il pas de regarder son magasin pour en déduire que Stepanovitch affectionnait les choses anciennes. La vieille femme sortit de sous son manteau noir, une main mate et maigre, si maigre que Boris en frémit. Cette main tenait une bourse fermée par un lacet.

— La bonne aventurrre et je vous laisse trrranquille, déclara la femme sans âge, d'un sourire découvrant plusieurs chicots, tout en agitant la bourse qui émit des bruits métalliques de pièces s'entrechoquant... Ce n'est pas quelques piécettes en moins qui te rrrendront plus pauvrrre que tu n'es...

Ne voulant pas entrer dans son jeu, Boris commença à lever le bras, l'index pointant la sortie, mais avant qu'il ait fini son geste, la harpie s'empara de sa main et la serra fortement. Boris, surpris par ce contact, voulut s'en dépêtrer, sans succès. La vieille femme ferma les yeux et donna l'impression de se concentrer.

— Lâchez-moi, j'attends mon amérrricain, parrrtez !

La vieille rouvrit des yeux toujours aussi limpides au son de l'accent, qui, sans que Boris puisse l'expliquer avait pris possession de sa bouche.

— Oui, je sais... la RRRussie te manque, même si tu ne l'as pas connue...

— Je ne vous permets pas !

La vieille ne lâcha pas pour autant les mains de Boris et ferma à nouveau les yeux.

— Laissez-moi tranquille, vieille manouche !

Sans même rouvrir les yeux, elle chantonna :

— Mon petit tsarrr, ta vie est si trrriste... je rrressens un vide si grrrand en toi qu'il semble sans fond...

— Laissez-moi, vieille sorcière !

Elle le tira d'un coup à lui, collant son nez contre son nez, le regardant dans le blanc des yeux.

— Écoute, mon petit tsarrr, ici, nous ne sommes plus en RRRussie et tu ne peux plus me fairrre chasser comme jadis... quand c'était encorrre un jeu...

Elle ferma les yeux, s'éloigna un peu de Boris, sembla reprendre son sang-froid et se mit à murmurer des mots comme si le fait de tenir les mains de Stepanovitch lui procurait d'étranges visions incantatoires, comme si les mots la possédaient.

— Vie sans vie... cœurrr en peine... clepsydrrre qui se vide... de choses et d'autrrres... une maison morrrte... une cave qui ne contient que de l'histoirrre... des amis qui n'en sont pas... onanisme et inanité... vie sans vie... cœurrr en peine...

Cette fois-ci, Boris en avait trop entendu, il s'extirpa des griffes de la romanichelle, porta sa main à sa poche et lui tendit un billet en tremblant.

— Voilà, vous avez ce que vous vouliez, alors, partez maintenant !

La vieille prit le billet. Son visage impassible n'esquissa aucun contentement. Il semblait triste comme s'il reflétait une tristesse plus grande que la sienne. Avant de sortir, elle se retourna une dernière fois et lança :

— Oublie tous ces objets sinon...

— Sinon quoi ?

— Seul, tu es seul et seul tu rrresterrras ! déclama-t-elle, telle une punition divine, infligée à un humain fautif de quelques péchés.

Avant qu'il ait pu reprendre ses esprits, elle continua, câline maintenant, d'une voix pleine de compassion.

— Crrrois une vieille Tzigane comme moi, petit tsarrr, la solitude est un farrrdeau trrrop lourrrd à porrrter seul...

Boris réfléchit et elle disparut en un bruissement de vent et un bruit de porte, comme si elle n'avait jamais existé, comme si toute la scène avait été une des possibilités que l'esprit de Boris aimait à échafauder d'habitude.

L'affaire se conclut comme Stepanovitch le désirait, pourtant il y prit moins de plaisir qu'à l'ordinaire et que ce qu'il s'était imaginé. Il avait même accepté de marchander le prix du tableau plus que prévu. L'image de la vieille Tzigane hantait ses pensées et ses mots martelaient sa tête. « Crrrois une vieille Tzigane comme moi, petit tsarrr, la solitude est un farrrdeau trrrop lourrrd à porrrter seul... » Pendant que le visage buriné de la manouche exprimait : « J'ai été seule toute ma vie et maintenant rrregarrrde comme je suis misérrrable... si misérrrable que même toi, petit tsarrr, tu ne veux pas te laisser dirrre la bonne aventurrre, mais rrregarde-moi bien, moi aussi j'ai été jeune et belle, mais les saisons ont passé et je n'ai pas su en prrrofiter... le temps m'a confinée à la solitude et souviens-toi de ce que je t'ai dit : la solitude se porrrte toujourrrs à deux... »

Boris ne pouvait oublier ces sous-entendus, faire comme s'ils n'avaient pas été formulés. Une fois son client parti, il chercha à s'occuper et, comme chaque fois qu'il était déprimé, il se livra aux décomptes de ses possessions. Il prit un registre où tout était déjà inventorié et commença l'énumération de ses plaisirs. De temps à autre, lorsque l'objet en valait la peine, il s'arrêtait quelques instants pour se remémorer la manière dont il s'en était emparé, mais il eut beau se concentrer, une sorte d'hébétude l'envahit, empêchant toute incursion dans ses souvenirs.

Il arriva beaucoup plus rapidement que prévu à la fin de son registre et y inscrivit ses dernières acquisitions dans l'ordre, ajoutant à la suite et dans la colonne juste à côté, la date d'acquisition et enfin la valeur à laquelle il l'estimait. Avant la troisième et ultime étape de son inventaire, soit l'évaluation, ses pensées se brouillèrent et bizarrement un vers de La Fontaine lui revint en mémoire par bribes :

— Puisque… Puisque vous… *Puisque vous ne touchiez jamais à cet argent. Mettez une pierre à la place, elle vous vaudra tout autant.*

Alors qu'il allait coter son dernier achat, il écrivit en face du mot « horloge » et de sa date, 500 pierres. Avant de l'effacer, ses yeux se troublèrent et voilà qu'au lieu de lire « dollars », il lut « pierres » partout. Boris était devenu le providentiel possesseur de plusieurs milliers de pierres sans valeur. Ses yeux fixèrent une vieille acquisition qui trônait, une commode Régence qui valait au bas mot 20 000 pierres. Si la valeur se comptait alors en poids, certes, Boris était gagnant, mais il en vint à se demander où il allait entasser tous ces cailloux, juste avant de revenir à la réalité et aux dollars, qui ne ramenèrent pas une lueur de consolation dans ses yeux.

L'après-midi tirait à sa fin, mais la soirée n'avait pas encore commencé, comme l'avait espéré Boris. Ses yeux tombèrent sur la bouteille de vodka et le verre vide qu'il avait offert à son client. Stepanovitch s'interdisait toute ingestion d'alcool pendant une transaction, sachant qu'un verre de trop pouvait en bouleverser le cours à sa défaveur, mais il se dit qu'il allait maintenant se permettre ce petit plaisir.

Ne sachant plus comment passer le temps, ni comment ôter ses pensées de sa cervelle, Boris ferma boutique et prit la bouteille presque pleine avant de s'écraser dans un fauteuil Empire. Il jeta un coup d'œil à ce qui l'entourait et qui d'habitude lui procurait satisfaction, posa le goulot de la bouteille sur ses lèvres et avala une bonne lampée. Sa gorge s'embrasa quelques secondes avant de se rafraîchir. Boris se demanda pourquoi cette vieille donzelle était venue ânonner son boniment dans le quartier... et puis n'était-elle pas une bonimenteuse ? Oui... elle n'avait aucun don et utilisait la crédulité des gens pour gagner sa vie...

Boris essayait de s'en convaincre et, pour ce faire, avala une nouvelle gorgée de tord-boyaux. Insidieuse, sa conscience apparut.

— Et tu es sûr qu'elle t'a menti ?

— Oui, répondit la voix non pas avinée, mais presque.

— Ce qu'elle t'a appris ne t'a donc pas touché...

Un silence dans la tête de Boris s'ensuivit et la bouteille se vida encore un peu.

— Non, je ne me sens pas seul !

— Mais tu es entouré d'objets, l'irrita sa conscience.

— Et alors, quel mal y a-t-il ?

— Aucun, tant que ça ne t'en fait pas inconsciemment, évidemment...

Boris but une autre gorgée et se rassura que les objets étaient son unique passion et sa joie de vivre, mais son existence n'était-elle pas dénuée de vie, comme l'avait si bien exprimé la vieille Tzigane ? Ne révélait-elle pas la même chose à tout le monde, presque sûre de ne pas se tromper et pour que les crédules viennent la consulter ?

Boris essaya d'y croire, buvant de plus en plus rapidement, mais plus il s'enfonçait dans l'ivresse, plus une douleur qu'il avait enfouie dans le dédale de ses sentiments réapparaissait, une douleur qu'il avait toujours voulu ignorer, source d'autres souffrances. Boris devint de plus en plus lucide malgré l'alcool dans son sang… Ne s'était-il pas toujours refusé tout contact humain approfondi, de peur d'en souffrir par la suite ? Ne vivait-il pas dans une bulle de verre qu'il s'était lui-même construit et qui, à la longue, l'avait happé ? Ne préférait-il pas les objets parce qu'il avait des difficultés à fréquenter les mortels ? Les objets, eux, même s'il leur conférait une vie propre, ne possédaient pas cette faculté humaine de vous faire du mal et c'était ce que Boris avait toujours souhaité… ne pas avoir mal, ne pas souffrir… Sa propre souffrance suffisait, et il était inutile d'en partager une autre…

Mais ce qu'avait mis à jour la diseuse de bonne ou plutôt de mauvaise aventure, était que cette souffrance n'était peut-être que de la solitude poussée à son extrême et que le seul moyen d'y remédier était de la partager pour ne plus la sentir se blottir en lui.

La bouteille était presque désemplie et Boris semblait s'être affaissé dans son fauteuil. Une douleur sans source et pourtant source de toutes les autres s'était réveillée, le malmenant. Cette tristesse qui émanait de son regard, de son être et qu'il avait toujours assimilée à son expatriation loin de sa chère Russie n'était en fait que de la solitude, pure et simple. Celle que l'on éprouve souvent et à laquelle on ne veut prêter attention, sauf si ce n'est pour lui trouver d'autres caresses que celles qui font souffrir.

Boris but d'une seule traite le fond de la bouteille et se leva tant bien que mal pour se rendre dans sa chambre. Titubant plus que marchant, il finit par l'atteindre et s'effondrer sur son lit. L'alcool avait produit son effet. Allongé sur le ventre, il s'enfonça petit à petit dans son sommeil, s'approchant lentement du monde des songes. Pour l'instant, il ronflait alors que, de la bouteille, s'égouttaient les dernières larmes sur la literie. Boris se recroquevilla. Il entrait dans un rêve et une voix sans visage lui déclara :

— Les objets font rêver, Boris, parce qu'ils symbolisent pour chacun quelque chose de spécial...

Mais un rire nasillard, presque hystérique supplanta la voix et se transforma en ricanement moqueur.

— Seul, tu es seul et seul tu rrresterrras, petit tsarrr !

Boris se recroquevilla davantage. Son visage calme et endormi quelques secondes auparavant se crispa, dénotant un trouble intérieur. Brutalement et comme cela arrive souvent dans les rêves, les décors changèrent, s'évanouirent et Boris se retrouva dans sa cave, entouré de ses objets familiers, et pourtant il avait l'impression que la Camarde y régnait en maître. Il les regarda un par un, les détaillant jusqu'à ce qu'il ait l'impression qu'ils bougent, tremblent et qu'il se sente soulevé. Les objets flottèrent, toute pesanteur ayant disparu. Boris eut juste le temps de se sentir bien que tout se mit à tournoyer autour de lui. Les objets gravitaient, disparaissaient, happés par les vents tournants. Un désarroi l'enserra. Comment ferait-il pour les retrouver ? Un portrait du XIX$^e$ siècle s'échappa de la tourmente et se mit à parler, sans que Boris s'en étonne.

— Qu'importe puisque nous ne valons pas plus que des pierres !

Au moment où le portrait lui décocha un sourire qui se voulait rassurant, le vent entraîna le cadre dans la trombe de la tempête. Boris évoluait toujours, centre de la tornade. Quelquefois, il croyait distinguer des objets qui apparaissaient subrepticement pour disparaître aussitôt. Des choses et d'autres passaient devant lui. Il se demanda où il atterrirait, mais un cri l'interrompit :

— Eh, vie sans vie !

N'osant y répondre, Boris laissa les mots l'encercler et s'envoler. Animée, sa fameuse horloge apparut, défiant les vents, traversa le tourbillon et s'approcha de lui. Ses aiguilles tournaient, entraînées follement par le temps qui passe et brusquement s'immobilisèrent sur le douzième chiffre romain. Boris s'attendit à percevoir le tintement sonore, mais une voix métallique lui lança, avant de se transformer en un rire sardonique de sorcière édentée :

— Il est trop tard, petit Boris, beaucoup trop tard ! Cœurrr en peine, reprit-elle en écho, beaucoup trrrop tarrrd !

La tornade s'accentua. Boris, qui jusque-là semblait immobile, se mit à graviter en cercle, devenu lui-même parcelle de son univers. Tout tourbillonna de plus en plus vite. Il avait la tête qui tournait jusqu'à ce que tout s'arrête brutalement. Il faisait noir ou plutôt rouge sang. Un son régulier traversait Boris, une pulsation. C'était son cœur. Il l'entendait, le sentait comme jamais il ne l'avait entendu et ressenti auparavant, et les pulsations semblaient de plus en plus espacées et de moins en moins distinctes. Son rythme ralentissait, ses palpitations s'affaiblissaient. Une angoisse le tourmenta. La peine broya son cœur, le perça, le pourfendit...

Boris essaya de crier, mais le silence avait clos ses lèvres et le décor changea de nouveau, le transportant dans sa cave.

Un sifflement admiratif parvint à ses oreilles. Woody, le cowboy de *Toy Story*, surgit dans l'embrasure de la porte.

— Ben, dis donc ! Regarde-moi tout ça... il y en a de l'histoire !

Buzz Lightyear, le cosmonaute, le suivait et lui rétorqua :

— Ne t'attendris pas !

— Ouais, je sais, mais c'est tout de même dommage !

— Allez, suis-moi !

Les deux figurines du dessin animé s'approchèrent de la table, y montèrent et renversèrent ce qu'ils rencontrèrent sur leur chemin. Boris fut alors pris d'une immense douleur dans la poitrine.

— Bon, passons à ces vieilles croûtes, lança le cosmonaute, la tâche une fois achevée.

— T'es sûr ?

— Oui, sans objet, il n'est rien, mais ça le poussera peut-être à devenir quelqu'un !

Les deux personnages sautèrent sur les tableaux, grimpèrent aux cadres, déchirèrent les toiles au passage et s'attaquèrent finalement au reste. Boris assistait impuissant à la destruction de ses biens, en proie à la détresse et à la douleur. Alors que Buzz et Woody achevèrent le nettoyage par la casse, le cauchemar prit fin, Boris se détendit un peu, changea de position et s'endormit plus profondément.

*

Si les objets peuvent faire rêver, il peut aussi en être autrement, et Boris, sans pour autant se rappeler ses songes, dormit très mal. Il se réveilla avec une affreuse migraine, avec la langue pâteuse, rêche, et avec un malaise intérieur qui l'étreignait. Il se rappelait sommairement que Buzz et Woody, ses mascottes, avaient parcouru, comme à leur habitude ses chimères. Il mit donc son état sur le compte de la boisson ; sa peau, ses vêtements tapageurs et son haleine empestaient, comme s'il avait pris un bain de vodka.

Après avoir mangé ce que son estomac fut capable d'accepter sans le mener au bord du vomissement, Boris fit fondre des cachets d'aspirine, tentant de se remémorer avec plus de précisions ses visions, en vain, et même si quelque chose l'avertit qu'il aurait dû s'en souvenir.

À la fin, il se jeta sous l'eau fraîche de sa pomme de douche, espérant ainsi rompre les méfaits de l'alcool. Il y resta longtemps, le temps que le cachet commence à faire effet et que les effluves nauséeux se soient dissipés. Une fois sec, tout sembla rentrer dans l'ordre, à l'exception de la gêne qui persistait à l'intérieur de son être. Que pouvait-il y faire ? Il fallait bien que cuite se passât. Prenant son mal en patience, il commença à s'habiller, tout en élaborant son emploi du temps... Bon, il y a une brocante et j'espère que je n'arriverai pas trop en retard... je devrais aussi pouvoir rejoindre mes amis avec ou sans trouvaille...

Il finit de se vêtir, prépara ses affaires, enfila son melon et s'apprêta à courir la brocante. Juste avant de partir, il jeta un coup d'œil à son horloge pour minuter sa matinée, mais, contre toute attente, le rêve lui revint par bribes éparses, ainsi que le souvenir de la vieille Tzigane, amplifiant son mésaise intérieur, qui tout compte fait n'avait rien à voir avec son ivresse de la veille, non, rien à voir... ce qui le chagrinait tant, le bouleversait était cette sensation d'être mal dans sa peau. Boris oublia alors tout : brocante, achat, repas, amis, rendez-vous et conclut qu'il devait régler son indisposition au plus vite. Il était trop mal et se proposa de retrouver la vieille manouche et de la contraindre à dire ce qu'elle savait, ce qu'elle avait vu.

Il entra dans sa voiture... Où pouvait-elle bien être ? Avant de démarrer, Boris récapitula dans sa tête les endroits de la ville où d'habitude les gitans s'installaient, croisant les doigts. Elle seule pouvait l'aider, peut-être lui dévoiler la signification de son rêve, dissiper son trouble.

Le bruit du moteur le rassura... Oui, il allait la trouver... En embrayant la marche arrière, ses lèvres esquissèrent un sourire, puis une fois le camion lancé dans la circulation citadine, une assurance nouvelle s'empara de lui, lui faisant oublier sa gêne et le reste. Plus rien ne l'aurait détourné de son objectif : trouver la vieille Tzigane à tout prix, pas même une poubelle déballant des trésors sur le trottoir.

Il erra toute la matinée de parcs en places, de stationnements en terrains vagues, écumant les lieux les plus sordides et les plus retranchés, sans succès. Désespéré, il demanda à plusieurs passants s'ils avaient vu des gitans dans leur quartier. Un « non » curieux et méfiant à la fois lui répondait. Il se maudit de ne pas avoir demandé les coordonnées de la diseuse de bonne aventure.

Il vadrouilla ainsi dans les rues, l'œil aux aguets du moindre indice, des heures durant, jusqu'à ce que son estomac le rappelle à l'ordre. Il avait faim, plus que faim, vu la maigre pitance qu'il avait ingérée en guise de petit déjeuner. Ses amis revinrent à sa mémoire. Peut-être était-il encore temps de partager son déjeuner et sa souffrance avec eux ?

Il rebroussa chemin et après quelques virevoltes dans le trafic, trouva une place non loin de son restaurant. Malheureusement, une mimique négative d'Isabelle lui fit comprendre que ses amis étaient partis.

— Depuis combien de temps ? demanda-t-il, espérant les rattraper et obtenir leur soutien.

— Une bonne demi-heure.

Boris resta debout en plein milieu, hébété, ressassant ses échecs.

— Est-ce que je vous sers quand même ? l'interrompit Isabelle.

— Oui, le plat du jour, s'il vous plaît.

Il s'installa désabusé à une table et attendit, abruti par ses vains efforts. Isabelle apporta sa vodka habituelle, mais rien qu'à voir le verre, Boris eut envie de vomir.

— Non, merci, lui répondit-il, pas aujourd'hui...

Toujours plongé dans son marasme, Boris laissa refroidir le contenu de son assiette avant d'y toucher et de pignocher de quoi le sustenter sans pour autant le satisfaire. Finalement, il n'avait pas grand-faim. La serveuse y voyant peut-être une chance de l'aborder, de le consoler, tenta de débuter une conversation, mais Boris, apathique, lui répondit un « oui » par ici, un « non » par là, fermant ainsi définitivement toutes possibilités romanesques et amoureuses avec Isabelle, désarmée par le manque d'enthousiasme de Boris.

Il resta encore une demi-heure à regarder, à travers la baie vitrée, les passants muser, sans les voir. Le spectacle de la rue semblait l'hypnotiser, mais, en fait, Boris était à l'intérieur de lui, renvoyé à ses profondeurs intimes et douloureuses. Brusquement, un éclair de lucidité jaillit dans ses yeux. Il lui restait peut-être une chance. Il paya l'addition et partit, une idée fixe en tête.

Arrivé dans son quartier, il gara sa voiture et fit du porte-à-porte, désirant plus que tout au monde que quelqu'un se souvienne de la vieille sorcière et puisse lui montrer dans quelle direction elle était partie, voire lui donner son adresse si jamais elle avait été consultée. Mais on l'avait vue sans la voir. On se souvenait d'elle sans s'en souvenir. On l'avait jetée à la porte de son magasin sans lui prêter plus d'attention que Boris. On lui avait donné quelques pièces, sans pour autant se laisser dire la bonne aventure. On avait appelé la police pour qu'elle soit arrêtée sans pour autant se sentir honteux.

Son espoir de la retrouver s'éteignit. La ville était grande, trop grande. Peut-être l'avait-elle déjà quittée ? Boris sut qu'il ne la rattraperait plus et sa désolation s'amplifia, prit possession des moindres parcelles de sa chair. Une tristesse et un mal de vivre s'insinuèrent contre lesquels il ne put rien. Il savait que descendre dans sa cave pour s'adonner à sa passion ou acheter de nouveaux objets n'y changerait pas grand-chose. Des larmes montèrent en lui, sans franchir le cap de ses paupières. Une douleur sourde à toutes ses supplications lui transperça le cœur, l'âme et l'être. Boris souffrait peut-être pour la première fois de sa vie. Dans le passé, il avait toujours refoulé toute douleur le plus loin possible de sa conscience, les enfouissant sous des couches sédimentées de souvenirs, de chagrins oubliés, de meurtrissures non cicatrisées. Il s'était ainsi forgé un rempart contre les plaies vives de la vie, une forteresse qu'il croyait imprenable et pourtant il avait suffi de quelques mots pour que les fortifications s'ébranlent, d'un cauchemar pour qu'elles s'écroulent, et, que des ruines surgissent des blessures et des mutilations, l'assaillant d'une plainte implacable.

Son stoïcisme qu'il voulait slave s'effrita, des larmes perlèrent sur ses joues, y traçant des sillons, comme sur une terre aride. La sécheresse de son cœur était finie. Une crue sentimentale allait l'enrayer, l'entraîner aux confins du désespoir. Il décida alors de se promener dans la ville, de se fondre dans la foule... Boris partit ainsi épaules voûtées, regard plongé sur le trottoir et dans ses pensées, ne prêtant guère attention à ceux qu'il croisait, triste et déprimé.

Un vers de Lamartine occupait son esprit. *Un seul être vous manque, et tout est dépeuplé*, malgré les passants qui le malmenaient. Seule restait l'évidence que cet être manquant, cet esprit de chair et de sang, n'existait tout simplement pas ! Cet être n'était ni une vue de l'esprit, ni une image tissée de chimères et d'espoirs, ni un être imaginaire que Boris aimerait rencontrer. Non, cet être n'existait pas et Boris gardait l'impression d'évoluer dans un désert urbain, un no man's land que rien ne peuplerait de nouveau. Il était un être solitaire voué à la solitude, à l'esseulement. Un être qui s'était lui-même contraint à un style de vie si routinier qu'il ne prêtait même plus attention à ses aspirations secrètes, à ses rêves d'enfant, un style de vie qu'il avait tellement cru parfait qu'il lui semblait impossible de vivre autrement.

Parfois, il suffit de quelques mots...

Boris marchait ainsi seul au milieu des troupes de piétons sortant de leur travail et courant chez eux, achetant en chemin et ne prêtant guère attention à ce qui ne servirait pas leur misérable confort matériel.

Hier encore, Boris aurait agi de la même manière qu'eux. Aujourd'hui, il était triste, d'une tristesse sans âge. Il marchait, espérant que chaque pas ferait reculer ce tourment qui l'habitait, l'acculant à la fuite. Il ne prit pas garde qu'il s'était mis à pleurer, il marchait, courant après son destin.

*

Les jours suivants se succédèrent encore plus mornes que d'habitude. Boris perdait goût aux objets, à toutes ces choses qui semblaient remplir son existence, mais qui en fait la vidaient de toute substance. Il n'allait plus aux brocantes, ni au restaurant pour parler avec ses prétendus amis — aucun, au demeurant, ne l'appela pour prendre des nouvelles. Les poubelles avaient perdu leurs charmes. Les ventes aux enchères ressemblaient maintenant à des abattoirs et chaque coup de marteau lui déchirait le crâne et le cœur.

Boris restait chez lui, vautré sur son lit, regardant sans les voir les images que la télévision diffusait. Il n'ouvrait même plus son magasin, estimant qu'il aurait bien besoin de vacances, lui qui n'en avait presque jamais pris. Il y eut bien quelques coups de téléphone, quelques affaires en cours à régler et Boris s'en acquitta comme un automate. Ses clients ne reconnurent pas l'homme slave, tant Boris avait perdu son accent. Il ne sortait plus, sauf pour faire ses commissions. Le voisinage se demanda ce qui lui arrivait. Des commérages couraient de bouche en bouche. On parlait sur son passage et dans son dos, sans même qu'il ne le remarque. Boris était ailleurs, dans son monde intérieur, lieu qu'il avait trop longtemps négligé au profit d'objets sans vie et sans cœur. Un objet peut avoir une histoire, voire une âme, il n'a pas pour autant un cœur et Boris paraissait l'avoir compris.

Ces jours se transformèrent en semaines. Stepanovitch commençait à inquiéter son entourage. Il n'adressait plus la parole à personne, ne répondait pas aux « bonjours » hypocrites que lui lançaient les commères du quartier qui auraient aimé en savoir plus. Bizarrement, Boris restait impeccable, rasé de près, arborant sa chapka et son costume trois-pièces aux couleurs tape-à-l'œil, mais on ne peut plus chic. Tout le monde se demandait comment cette situation s'achèverait.

On ne badine pas avec l'amour.

Musset

Elle était là, magnifique, séduisante ; ses couleurs attirèrent l'œil de Stepanovitch qui n'en crut pas ses yeux.

Sa morosité s'estompa et son excitation s'accrut, mais il ne sut pas quoi faire avec ses mains, tremblantes de nervosité, les yeux dilatés, le corps en proie à des bouffées de chaleur réconfortante, le cœur se remettant à battre, à se passionner, peut-être.

Boris, ce matin-là, face à son miroir, ne s'était pas lancé sa sempiternelle phrase, ne s'était pas dit que rien ne peut arrêter un Stepanovitch d'obtenir ce qu'il désire ! Il avait simplement murmuré : « Allez, petit tsarrr, la vie continue et il faut suivrrre le mouvement pourrr ne pas êtrrre distancé... Tu as assez déprrrimé, il est temps de te rrreprrrendre en main ! »

Sur cette phrase, il avait commencé sa toilette, sans entrain. Il s'était habillé machinalement, alors que sa raison le forçait à continuer, même s'il eut préféré se recoucher. Vêtu de teintes éclatantes, Boris chercha dans l'embrouillamini qu'était devenu son appartement son fameux portefeuille pour le préparer pour la bataille, si seulement cela avait été une vraie bataille avec des six coups, là où l'on peut perdre la vie, Boris y aurait été la peur au ventre certes, mais le cœur léger. Les billets et les pièces enfin rangés, ordonnés dans leur étui de cuir, il se regarda une dernière fois dans le miroir avant d'enfiler son Stetson. Aucun sourire ne l'animait, ni même aucune sensation. C'était le visage d'un mort en sursis, d'un être dont la vie ne daignait plus lui accorder son dû.

Sa raison l'avait suffisamment sermonné dès son réveil pour qu'il décide d'y aller avec l'espoir de ranimer la flamme d'antan, de s'échiner à trouver l'Objet pour lui remonter le moral et, si le ciel daignait être clément, il l'obtiendrait et redeviendrait l'ancien Boris Stepanovitch, triomphant, confiant et insouciant.

Chemin faisant, la pensée même qu'il se rendait à une brocante, que l'objet de ses rêves l'y attendait le stimula, et plus la distance le séparant de son bonheur se réduisit, plus ses enjambées s'agrandirent, s'allégèrent, le faisant planer au-dessus du commun des mortels. Plus d'une fois, il eut cependant l'envie de rebrousser chemin, de se promener toute la matinée, mais sa raison le raisonna, le poussant à aller jusqu'au bout.

Sur les lieux où se tenait la ducasse, Boris engloba de son regard toute la scène. Les particuliers déballaient leurs affaires, avec lenteur et douceur, de peur de casser une de leurs merveilles désuètes. Les professionnels, lampe à la main, tant il faisait sombre, s'échinaient à fouiller les cartons encore pleins, à ouvrir les voitures encore fermées, espérant trouver sous le siège, coincé entre un jouet et un bibelot, le précieux bijou qu'ils achèteraient, non pas à prix coûtant, mais dérisoire, pour le revendre dix fois plus cher. D'autres un peu plus fainéants ou ayant déjà gagné leur journée avec deux ou trois achats demandaient avant d'inspecter : « Est-ce que vous avez des vinyles des années cinquante... de l'argenterie... des vieilles photos de famille... des cartes postales... non... vous en êtes sûr ? »

Si la réponse s'avérait positive, leur œil brillait d'un éclat vorace, leur corps tremblait imperceptiblement, leur désir s'échauffait approchant l'orgasme et ils se mettaient à fouiner, le regard vide et avide, les mains fébriles pour dénicher leur

Graal. Parfois, certains particuliers qui connaissaient la valeur des choses, si tant est qu'une chose puisse avoir de la valeur, annonçaient un prix, non pas déraisonnable, mais sensé. Alors, les professionnels qui touchaient l'objet le lâchaient brusquement, comme si leurs doigts avaient été brûlés et ils détournaient le regard, sachant qu'ils ne gagneraient que le double dans leur boutique, ce qui leur procurait cette sensation d'arnaque qu'ils détestaient. Un policier observait les stands en train de se monter, au cas où il y aurait des affaires volées. Des jeunes garçons distribuaient des prospectus, clamant les dates et lieux des prochaines manifestations.

Sans bouger, Boris regardait le spectacle qu'il connaissait trop bien, et, si longtemps que lorsqu'il reprit conscience de sa présence, les stands étaient installés et l'attendaient, lui, qui pourtant n'attendait plus rien d'eux. Il se mit en branle, doutant toujours que le poids qui pesait sur ses épaules s'amenuise, mais sa raison le semonça, l'invectivant comme un chien de chasse : « Allez ! Vas-y ! Cherche ! Cherche et trouve ! »

Il partit en quête de son gibier, passant de tables, où s'entreposaient les objets, en meubles montés ou démontés. Plusieurs fois, il passa devant des objets qui d'habitude auraient attiré son attention, soit pour les acquérir, soit pour les tenir dans ses mains, se rappeler leur fonction, leur histoire, partager d'infimes secondes les époques qu'ils avaient traversées, leur immortalité. Aujourd'hui, ils n'attisèrent aucune convoitise tant Boris s'était détaché de son culte de l'Objet. Il n'objecta pas néanmoins sa raison et détailla, lorsqu'il y pensa, les bibelots entassés pêle-mêle. Il erra, telle une âme en peine, dans le fouillis inextricable et sonore de la foire d'empoigne.

Elle était là, sujet des rêves sans qu'elle le sût. Les yeux de Boris la dévisagèrent et une émotion oubliée jaillit, une émotion qui le porta aux nues. Il examina tous ses traits, les trouvant fins, irréguliers et pourtant sensuels, délicats, ce qui le fit penser aux siens, certainement pâles et tirés, ceux d'un déterré. Le sourire qui avait déserté le visage de Boris depuis deux mois, réapparut bienheureux et accueillant. Il n'en revenait pas. Ses tempes pulsèrent sous l'afflux sanguin et son cœur sortit définitivement de son hibernation.

Elle, presque immobile, ne faisait pas attention à lui, trop occupée à parlementer avec un acheteur potentiel. La couleur de sa peau fit frissonner Boris. Sa chevelure dorée, l'auréole laiteuse d'une aura, que seul Stepanovitch percevait, le captivèrent. Ses lèvres semblèrent lui parler, l'inviter à s'approcher, à les embrasser. Boris balbutia, décontenancé, et dut se contenir pour ne pas céder à ses pulsions.

Elle devait avoir son âge, peut-être était-elle plus jeune. En tout cas, elle était belle, d'une beauté à damner Boris, s'il ne l'avait pas déjà été. Sur le moment, elle parlementait, argumentait, s'échauffait. Boris comprit tout de suite qu'elle avait du caractère, ce qui lui donnait d'autant plus de valeur. De la beauté et du caractère, un des mélanges des plus détonants... L'espace d'un instant, leurs yeux se croisèrent. Boris sourit et elle lui rendit la pareille. Son cœur se réjouit et l'enjoignit à l'aborder. La conversation semblait s'animer et il s'approcha. Quelqu'un passa encore devant lui, prenant part à la discussion houleuse et échauffée. Ce délai retardait leur rencontre et Boris en profita pour la contempler. Il attendit que les pourparlers s'arrêtent et que les deux empêcheurs de tourner en rond s'éloignent. Alors, il la gratifia d'un sourire et s'exclama :

— Quels rapaces !

— Je ne vous le fais pas dire... déclara-t-elle, avec un cheveu sur la langue.

Elle lui parlait et sa voix, encore un peu égarée par les négociations, lui parut angélique.

— Bonjour, je m'appelle Boris, continua-t-il, nerveux comme un adolescent à peine pubère et ne sachant toujours pas où mettre ses mains qui finirent par détrôner son couvre-chef pour saluer cette déesse et tenir avec fermeté le rebord du Stetson, le faisant tourner par moments.

— Moi, c'est Fleur, répondit-elle, enchantée de tomber sur un gentleman, chose rare dans une brocante.

— Quel joli nom ! s'entendit-il complimenter, rougissant jusqu'à la racine des cheveux.

Fleur sembla ne pas le remarquer, mais des bouffées de chaleur montèrent en Boris. Il dut déboutonner son manteau.

— La matinée a été bonne ?

— Couci-couça...

Boris, ne sachant plus quoi ajouter, regarda le stand, cherchant un nouveau sujet de conversation.

— Combien pour cet écrin en ivoire ?

— Il est joli, n'est-ce pas... il vient de ma grand-mère et pour vous, qui semblez plus normal que les autres, ce sera quarante...

Boris sourit et lui lança :

— Sous, évidemment...

Fleur se renfrogna, ne comprenant pas la plaisanterie.

— Excusez-moi, c'était une mauvaise blague… je vais le prendre à quarante dollars...

Elle retrouva le sourire et commença à emballer l'écrin.

— Quelque chose d'autre vous intéresse ? demanda-t-elle.

Boris fut sur le point de répondre « non », mais son cœur l'en empêcha et, après avoir jeté un coup d'œil à l'étale, il répondit :

— Si vous avez autre chose dans votre cave ou dans votre grenier...

— Je ne sais pas... il faudrait que je vérifie... tout en tendant l'objet empaqueté.

Boris lui donna deux billets et sa carte de visite.

— Je vois que vous êtes un de ces antiquaires...

— C'est vrai, mais je ne paie pas en monnaie de singe...

— Alors, je vous appellerai peut-être.

— Merci et au revoir, lança Boris.

— Bonne journée.

Stepanovitch s'éloigna, serein, parcourut le reste de la brocante, aveuglé par son bonheur. Il pensait que cette rencontre était un don divin et que cette première prise de contact avait été somme toute assez bonne, mais plus il y réfléchit et plus il en conclut qu'elle avait été trop commerciale. Échanger quelques sourires ainsi que leur identité ne les entraînerait pas dans la spirale de l'amour. Boris frissonna... peut-être ne l'appellerait-elle jamais ? Son cœur souffrit de sa bêtise, de sa crédulité. Comment avait-il pu croire qu'ils se reverraient ? Qu'elle lui téléphonerait ? Que le tour était joué, la pièce orchestrée ?

En proie à l'incertitude et à l'angoisse, Boris revint sur ses pas. Il devait la voir, obtenir d'elle son numéro de téléphone, qu'ils conviennent d'un rendez-vous, même si cette démarche pouvait paraître insensée. Boris tourna plusieurs fois avant de retrouver l'emplacement de Fleur inoccupé. Une immense détresse s'empara de lui, son cœur se serra, comme se serre le cœur d'un amoureux transi. Il regarda autour, éperdu, mais Fleur avait disparu de la circulation. Seule trace de sa présence, un carton siégeait au milieu de la place de parking jadis encombrée. Boris se tourna vers le stand à côté et demanda :

— La jeune fille est...

— Partie, monsieur, voilà un quart d'heure... elle en avait ras le bol...

— Et vous ne la connaîtriez pas, par hasard ?

— Pas le moins du monde.

Boris partit, désorienté, le cœur déchiré en lambeaux, mais une flamme, si petite soit-elle, allumée et vacillante dans le tas de cendres de ses sentiments.

*

Fleur, quel joli nom ! ... aussi léger qu'une bulle de savon s'envolant au gré du vent... aussi coloré qu'une palette impressionniste... Fleur de mes rêves, ton nom m'amène vers des paysages lointains où mon âme s'apaise, s'alanguit presque... que j'ai hâte de respirer tes parfums, tes odeurs, Fleur de mon cœur...

Voilà à peu de choses près, ce à quoi Boris pensa allongé sur son lit en cherchant le sommeil. La détresse de ne pas la retrouver fut remplacée par l'assurance qu'il ne pouvait en être autrement. Il devait se revoir pour que la première rencontre soit cohérente. Boris mettait tous ses espoirs dans le même panier, s'y rattachant comme à une bouée de sauvetage. Où était-elle maintenant et que faisait-elle ? Il se posait mille et deux questions, y répondant parfois à son gré.

Elle lui avait souri et on ne sourit pas à quelqu'un si on ne l'a pas remarqué... elle m'a donc remarqué, se rassurait Boris, au comble de la joie. Ah, elle est si belle, si fraîche... Sa chevelure blonde évoquait des pétales de roses sauvages... le reste de sa silhouette se perdait dans sa mémoire. Seul le visage de Fleur restait bien présent à ses yeux, auréolé de son imagination.

De temps à autre, son cœur se mettait à battre la chamade et Boris se laissait bercer par ce rythme effréné, enclin à un débordement de la passion. Fleur, sans le savoir, devenait le sujet d'un cœur, portée sur l'autel de l'amour, telle la déesse que Boris eut voulu qu'elle soit.

Enfin, lorsque le sommeil daigna lui clore les yeux, son esprit continua à divaguer. Ses rêves furent hantés d'apothéoses de fleurs multicolores, protéiformes, composées, en bouton, qui s'ouvraient et s'épanouissaient inlassablement et remplacées par une autre explosion avant même qu'un pétale ne choie.

Le printemps pétillait dans le cœur de Boris et tout d'un coup, il survola un immense champ fleuri, une prairie odorante. Sans daigner prêter attention aux fleurs, Boris s'acheminait, bourdonnant de joie, vers la sienne, virevoltant entre les tiges et les feuilles, luttant contre le vent pour arriver à son but. Elle, si belle, l'attendait. Le pistil gorgé de désir, prête à la pollinisation que Boris s'apprêtait à réaliser. Brusquement et avant toute défloraison, la fleur se transforma en horloge et lui lança, dans un tintement sinistre : « ton imagination te joue des tourrrs... Seul, tu es seul et seul tu rrresterrras ! » avant de se transformer de nouveau en Fleur, qui d'abord d'une voix masculine lui murmura : « tu sais, Boris, les objets font rêver... » puis d'une voix plus féminine, et poursuivant : « mais ils ne font pas vivre ! »

Le rêve tout comme la vision cauchemardesque se dissipa en d'autres songes. Boris s'éveilla, transi, une brèche à l'intérieur de son être, une question sur le bout des lèvres. Comment allait-il faire pour la revoir ? Boris venait de vivre son épiphanie florale et sentimentale, il était maintenant prêt à tout pour agir.

Il exécuta un saut du lit presque athlétique, se doucha avec promptitude, s'habilla tout aussi rapidement et consulta son calendrier des brocantes. Il en trouva deux, oubliant de mettre un couvre-chef.

Avant de partir, il joignit le placier de la veille et lui demanda s'il pouvait lui donner les coordonnées du stand de Fleur, prétextant une affaire en cours de la plus haute importance. Malgré ses suppliques, le placier refusa d'accéder à sa requête, répétant, sans cesse, comme un antique disque rayé que ce genre de renseignements était confidentiel. Le connaissant pour sa stupidité congénitale, Boris n'insista pas et raccrocha au nez de cet imbécile tout en croisant les doigts pour que le reste marche mieux que ce coup de téléphone dans l'eau.

Il se rendit d'abord à la plus proche des deux brocantes et sillonna toutes les allées, toutes les rangées, le cœur rempli d'espérance, mais dut s'avouer qu'elle n'était pas là. À peine la phrase naquit dans sa cervelle, qu'il remonta dans son camion, conduisit comme un fou et s'arrêta pour parcourir l'autre brocante, les nerfs à vif. Il refit deux fois le tour du labyrinthe que formaient les stands, désespéré. Elle n'était pas là non plus. Son cœur se glaça devant la détestable conclusion que sa raison lui soufflait : « Jamais, tu m'entends, tu ne la reverrras... Jamais ! Alors, occupe-toi de tes objets ! »

Son cœur hurla un « non » affligé et découragé. « Où pouvait-elle se trouver ? » s'interrogea Boris, mais aucune réponse ne vint l'éclairer. Sa raison tenta de le sermonner : « Laisse tomber ! Elle a fait une brocante et n'en fera pas deux... et puis, tu n'en mourras pas... Oublie-la et concentre-toi sur cette brocante pour dénicher de quoi rattraper toutes ces semaines sans achats ! »

Sans y prêter attention, Boris, une idée en tête, fit route vers son restaurant fétiche. Il y pénétra, tel un fou presque furieux, bouscula un client, vint à sa table, salua d'un regard ses amis.

— Voilà un revenant, clama Machineau.

— Plutôt un déterré, renchérit Sitruc.

— Tu arrives à point, conclut Brimborion, nous allions comparer nos achats... allez, assieds-toi et montre-nous ce que tu as...

Voilà plus de deux mois qu'il n'était pas venu et d'aucun ne s'enquit du motif de son absence, comme si ce n'était pas essentiel.

En s'asseyant, Boris argua :

— Je ne suis pas là pour ça... l'un d'entre vous était-il hier à la brocante ?

Seul Sitruc acquiesça et Boris sourit.

— Est-ce que tu as vu une jeune femme blonde avec un stand médiocre à l'exception d'un écrin...

Sitruc réfléchit un long moment et Boris ajouta :

— Elle a une sacrée personnalité et plutôt mauvais caractère... elle refuse de marchander ou de baisser ses prix...

— Je crois savoir de qui tu parles...

— Tu la connais ?

— Il me semble avoir déjà eu une prise de bec avec elle... ça ne date pas d'hier, mais la description correspond.

— Et tu as son adresse ou son numéro de téléphone ?

Sitruc nia, jetant un regard complice à ses compagnons, comprenant comme lui que Boris s'était amouraché de cette femme et que cette évidence expliquait son absence. Ils sourirent tous les trois, prêts à lui lancer des plaisanteries grivoises et salaces, mais furent arrêtés par la tristesse qui émanait de son visage.

— Ne t'en fais pas, dit Machineau, compatissant, ça passera...

— Il te faut un petit remontant... Une vodka pour notre ami, lança Brimborion en apostrophant Isabelle.

— Regarde... proposa Sitruc, détournant la conversation pour changer les idées de Boris.

Il lui présenta sur la table une balance de pharmacien avec tous ses poids, une rareté qu'il revendrait cher. Les deux autres sentant ce que Sitruc voulait faire, lui emboîtèrent le pas et montrèrent leurs acquisitions au lieu d'essayer de le consoler. Boris les regarda d'un œil abattu presque distrait. Leur rituel lui paraissait anachronique, peu digne d'intérêt. D'ailleurs, en avait il eu avant ? N'était-il pas tout simplement un des symptômes de leur cupidité égocentrique et de leur péché mignon ? N'avaient-ils pas failli au commandement : « tu ne convoiteras rien de ce qui est à ton prochain ! »

Son eau-de-vie arriva et il y trempa les lèvres, la trouvant fade et peu à même de combler sa soif.

— Et toi ? demanda Sitruc.

— Moi ? reprit Boris.

— Oui, montre-nous ce que tu as !

— Mais je n'ai rien... rien du tout.

*

Boris dormit de plus en plus mal, souffrant d'insomnie pour la première fois de sa vie. La vodka, à défaut de servir de somnifère, le rendait malade et si vaseux qu'il en arrêta toute consommation. Lorsque le mal s'aggrava et qu'il ne trouva plus que difficilement le sommeil, il essaya de se créer un refuge, une consolation et surtout l'envie de s'endormir devant sa série de Walt Disney. Aucun d'eux ne le toucha comme avant. Seul *La Belle et la Bête* arrivait à le faire pleurer tant il se comparaît à la Bête, voyant dans la Belle, sa Fleur. Regardant parfois en boucle le dessin animé, il voulait y discerner des signes, découvrir un chemin à suivre, mais il devait se rendre à l'évidence : il ne reverrait peut-être plus jamais Fleur... Autant ne plus voir le soleil se lever, l'aube naître, lui répondait son cœur, alors que sa raison le réprimandait, lui ordonnait en vain de sortir de son état de prostration, d'apathie pour s'adonner à sa passion primordiale et objectale.

Boris perdit du poids, se nourrissant de ses rêves et de ses aspirations, de ses émotions et de ses pensées amoureuses. Tout son être le poussait vers cette Fleur qu'il aurait bien aimé porter non pas à sa boutonnière, mais dans ses bras.

Il courait de brocante en vente de trottoir, non plus à la recherche de l'Objet rare, mais de Fleur, devenue l'objet de ses songes. Les expéditions d'achat-vente ne l'intéressaient plus, si ce n'était d'un point de vue sentimental. La solitude devint monacale, sa maison encore plus abandonnée qu'auparavant, ressemblait presque à un sanctuaire, un tombeau où plusieurs générations, au lieu d'ensevelir leurs morts, auraient entassé leurs objets. Ses soi-disant amis ne l'appelèrent point, n'ayant pas envie de changer leur petit rythme d'existence, leur train-train journalier. Boris ne vivait plus avec ses objets, mais avec son imagination, attendant le jour où elle ne le tromperait plus.

*

La nouvelle retraite de Stepanovitch, tout aussi solitaire que la précédente, mais peut-être un peu plus tournée vers le futur et les désirs, dura deux autres longs mois. Deux mois durant lesquels Boris passa de crise d'espoir et de volubilité en crise de désespérance et d'humeur noire. D'un extrême à l'autre, il n'en continuait pas moins de se rendre à toutes les brocantes et dans toutes les ventes de trottoir pour la retrouver. L'après-midi, il prenait son camion et parcourait les rues de la ville, dévisageant les passants, poursuivant le but chimérique de l'apercevoir par hasard. En vain.

Boris Stepanovitch se morfondait de plus en plus et ses espérances diminuèrent, s'anéantissant de jour en semaine. Finalement, un matin, il s'éveilla, vit l'horloge qu'il avait achetée quatre mois auparavant, une éternité, lui sembla-t-il. Il recompta dans sa tête pour être sûr qu'il ne s'était pas trompé, mais depuis quatre mois, hormis l'écrin, il n'avait rien acheté. Il gardait au demeurant cet écrin bien précieusement sur sa table de nuit, le caressait, l'humait tous les soirs, avant de s'endormir, même s'il savait qu'il n'avait pas appartenu à Fleur. Elle l'avait du moins manipulé et ce simple toucher lui suffisait pour le vénérer.

— Quatre mois ! reprit-il à voix haute comme pour confirmer cette évidence.

Pour la première fois depuis longtemps, il écouta enfin sa raison et s'apprêta non pas à chercher Fleur, mais à trouver un objet, qui le remettrait sur les rails du bonheur. En route, son esprit s'échauffa. Quel temps il avait perdu ! Que de trésors avait dû passer sous son nez et à sa barbe ! Boris allait mettre fin à sa retraite. C'est donc bien disposé et même fiévreux qu'il commença à se promener dans la foire d'empoigne. Cette émotion qu'il n'avait pas ressentie depuis longtemps le rendit presque ivre. Ses mains vérifièrent avec nonchalance si son portefeuille était bien là, prêt à subvenir aux besoins de son propriétaire.

L'assaut pouvait commencer. Boris leva les yeux et son cœur tressaillit. Fleur était là, juste en face de lui, rêvassant dans l'attente d'un client. Une bastonnade martela la poitrine de Boris et son premier réflexe aurait été de partir pour réfléchir, si, à ce moment-là, sortant de sa rêverie, elle ne l'avait aperçu. Répondant au sourire de Fleur, Boris suivit un peu gauchement sa deuxième impulsion qui le poussait vers elle. Même s'il devait avoir l'air calme, son cerveau était sur le point de déposer le bilan par trop d'activités. Qu'allait-il lui dire ? Et surtout le reconnaissait-elle ? N'était-elle pas une de ces personnes souriant à tous les vents ?

— Bonjour, vous souvenez-vous de moi ?

— Oui, comment ça va ?

— Bien, très bien !

Boris jeta un coup d'œil sur la table et lança :

— Pas grand-chose de nouveau à ce que je vois !

— Regardez encore... l'encouragea Fleur avec un sourire.

Il aperçut effectivement des babioles insolites, mais pas de quoi fouetter un chien.

— Vous ne m'avez pas appelé... la questionna-t-il, sur un ton faussement accusateur.

— J'ai perdu votre carte de visite... mais j'ai quand même pensé à vous puisque j'ai été dans ma cave et que j'ai peut-être trouvé de quoi vous contenter...

Boris, un peu excité, demanda :

— Quoi donc ?

— Des bibelots qui ont appartenu à ma grand-mère et surtout une coiffeuse Charles X.

— Style Charles X ou fabriquée à l'époque de Charles X ? lança Boris en espérant que, cette fois-ci, elle comprendrait son trait d'humour.

Fleur rit et lui rétorqua l'air joyeux, enjouée.

— Vous me le confirmerez !

Puis, reprenant avec la même ironie dont avait fait preuve Boris deux remarques plus tôt et presque avec un sourire malicieux, elle ajouta :

— Mais est-ce que je peux vous faire confiance ?

Du tac au tac, Boris répondit, heureux de la tournure que prenait la conversation.

— Ça, à vous de le décider !

Un nouveau silence s'établit et pour qu'il ne devienne pas embarrassant, Boris le rompit tout de suite.

— Bon, qu'est-ce que je vais vous acheter, aujourd'hui ?

— Cette vieille photo peut-être ?

La raison de Boris lui susurra : « quelle horreur ! » mais il se reprit en affirmant :

— Le cadre est plutôt joli...

Sa raison l'admonesta encore plus fort cette fois-là : « Tu parles... tu ne vas tout de même pas acheter ça ! »

Juste à ce moment-là, derrière lui, retentit un « bonjour » claironnant qui glaça d'effroi le cœur de Boris. Sitruc était tout gaillard de revoir son ami.

— Alors, tu reprends du poil de la bête ! Dis, ça fait longtemps que tu n'es pas venu au bistrot pour nous montrer tes trésors !

Sitruc regarda Fleur et un grand sourire fendit son visage.

— Je vois que tu as trouvé ce que tu cherchais...

Boris faillit s'évanouir de honte. Quel Dieu pouvait rire de lui et de ses nerfs en lui jouant un tel tour ? Sitruc, l'air canaille, faisait du coude à Boris en l'interrogeant : « Hein ? »

Boris avait toujours haï les farces friponnes, les messes basses de cette espèce, les racontars coquins, la langue pendante chaque fois qu'une femme passait et Sitruc se comportait comme l'égrillard qu'il avait toujours été sans que Boris s'en rendît compte. Un sourire resserrait ses lèvres et des clins d'œil de garnement animaient son visage. Ne sachant pas comment réagir et sentant la honte empourprer ses joues de plus belle, Boris demanda, très sérieux :

— Tu as trouvé ton bonheur ?

— Pas encore, pas encore, Boris, mais je ne désespère pas... Tiens, qu'est-ce que tu as là ? interrogea Sitruc en désignant le cadre.

— Rien, s'exclama Boris.

— Allez, montre-moi, enchérit Sitruc en s'emparant du cadre. Dieu que c'est laid, lâcha-t-il, et ça ne vaut pas un kopeck !

Le visage de Boris vira au carmin et il n'osa plus regarder Fleur, même du coin de l'œil.

— Tiens, je te rends ton atrocité et je continue ma déambulation... à tout à l'heure au bistrot... si tu n'es pas trop occupé, lança Sitruc en s'éloignant.

Boris soupira, inspira, expira, reprit ses couleurs.

— Excusez-le, il est...

— C'est un goujat, répliqua Fleur, rembrunie. Et rendez-moi mon cadre si vous n'êtes pas intéressé !

— Qui vous a fait croire ça... ce goujat, comme vous l'appelez, ne s'y connaît pas ou si peu que je me fiche de ce qu'il pense !

La conversation reprit un cours un peu moins tumultueux et Boris s'agrippa aux récifs qu'il put trouver pour ne pas se laisser emporter par le courant.

— Est-ce que je peux venir voir ce meuble, demain ?

— Ça me convient.

— Tenez, je vous donne de nouveau ma carte de visite, mais ne la perdez pas cette fois !

— Je vais essayer, le tranquillisa-t-elle, tout en écrivant sur un bout de papier son adresse. Voilà la mienne.

— À quelle heure ?

— Disons dix heures.

— Très bien, combien je vous dois pour le cadre ?

— Dix. Vous voulez un sac ?

— Non, ça ira... à demain.

Boris s'éloigna, le cœur léger, indifférent au monde extérieur, planant sur son petit nuage. Il l'avait rencontrée et ils allaient se revoir.

— Pour acheter un meuble, lui affirma sa raison.

— Et alors ? rétorqua Boris.

— C'est une transaction, rien de plus ! Ne me dis pas que tu comptes la séduire ainsi... riposta sa raison.

Boris pensait qu'en lui achetant des objets, il réussirait à la charmer. C'était d'ailleurs pour lui la seule façon à ses yeux d'obtenir ce qu'il désirait. Au lieu de voir amour, Boris pensait inconsciemment possession. L'achat comme règle première de communication, comme le troc l'était au Moyen-Âge. L'argent pouvait séduire, certes, mais sans pour autant être séduisant et Fleur n'était pas un objet qu'il arriverait à conquérir ainsi. Il douta brutalement de sa méthode, et, alors que quinze minutes auparavant, il avait pensé que le tour était presque joué, il en vint à soupçonner que cette rencontre n'avait pas été féconde et il eut alors l'idée de lui offrir des fleurs.

— Tant que tu y es, invite-la à dîner, lui décocha sa raison.

— Quelle bonne idée ! se félicita Boris.

Sur ce, il marcha vite, évitant les passants en anticipant leurs directions, jonglant entre les voitures arrêtées pour traverser, pour arriver coûte que coûte chez le fleuriste. Il finit par y pénétrer, le souffle court tant il s'était hâté, presque en nage.

— Vous désirez ? lui demanda la fleuriste.

Boris prit deux longues inspirations, regarda autour de lui, ne sachant pas quel bouquet composé choisir. Sortant finalement de sa perplexité, il demanda, à la stupeur de la vendeuse, deux fleurs de chaque sorte. Une encore en bouton et l'autre étalant la beauté de ses corolles. Alors que la vendeuse devenue un peu bougonne par ce supplément de travail s'affairait, Boris regarda le bouquet se matérialiser sous ses yeux.

— Rajoutez du vert, s'il vous plaît, beaucoup de vert...

Le bouquet était un florilège de couleurs et de senteurs variées, une composition quasiment baroque. Boris rejoignit la brocante en chantant, tenant le bouquet à deux mains. S'il était arrivé quelques minutes plus tard, il aurait encore trouvé la place déserte. Les brocantes éprouvaient tellement Fleur que dès qu'elle considérait avoir gagné sa journée, elle remballait ses objets et partait chez elle en pensant à ces mercantiles qui restaient jusqu'à la tombée de la nuit. Absorbée par ses pensées, elle ne vit pas tout de suite Boris, mais une profusion de teintes, puis une voix suave lui murmura :

— Des fleurrrs pourrr Fleurrr, un sourrrirrre pourrr Borrris et un dîner pourrr deux...

\*

Malgré sa surprise craintive et son ravissement abasourdi, Fleur accepta la proposition. Elle et Boris finirent d'empaqueter et de ranger dans le fourgon Volkswagen rouillé les cartons et meubles qu'elle avait amenés. Après avoir claqué les portes, elle demanda :

— Comment on fait maintenant ?

Boris, pris au dépourvu devant tant de nouveautés, réfléchit avant de répondre :

— Trouvez une place pour votre camion, je connais un restaurant pas très loin, nous y serons bien et la promenade nous ouvrira l'appétit... je vous attends ici !

Fleur partit alors que Boris restait la proie de ses états d'âme. Pourquoi l'avait-il invitée à brûle-pourpoint ? De quoi parlerait-il pendant le repas ? Chaque fois que des questions parvenaient à son entendement, aucune réponse n'y faisait écho et son esprit s'embrumait d'un brouillard opaque, entraînant un blanc, une trouée. Plongé dans les tréfonds de cette inertie psychique, Boris sursauta lorsque Fleur l'effleura. Personne ne l'avait touché depuis des années et une douce chaleur l'envahit ainsi qu'une foule de nombreux souvenirs de tendresse. Quelque chose qui, tôt ou tard, demanderait son dû. Quelle agréable sensation avait-il éprouvée même si un certain frisson de mégarde l'avait parcouru pour se transformer rapidement en plaisir !

Fleur lui avait frôlé la main pour l'entraîner, comme pour le faire sortir de ses pensées, l'extraire de ce Boris Stepanovitch qui ne vivait qu'avec des objets. Ses doigts distillèrent une harmonieuse tiédeur, comme si un vaccin parcourait les veines et les artères du Russe, remontait jusqu'à son cœur avec ardeur, inondait son être... Toute la sensibilité de Boris jadis victime de son indolence revint à fleur de peau.

— Je vous suis... lui souffla-t-elle

Boris encore ému, acquiesça. Ils marchèrent en direction du bistrot et parlèrent de banalités, entrecoupées de phases de silence. Il farfouillait dans son esprit à la recherche d'un sujet de conversation, ne voulant pas se perdre dans les platitudes du langage et ne désirant pas lui donner l'impression de l'enjôler. La marge de manœuvre était étroite, Boris, sur un fil, accroché entre deux gouffres, ballotté par le vent. Rompant leur marche silencieuse, Fleur le remercia pour la composition florale.

— Elle est vraiment belle, merci !

— Je suis rrravi qu'elle vous plaise, mais de toutes les fleurrrs, vous êtes la plus belle !

Fleur rougit du compliment, Boris aussi. Pourquoi avait-il dit cela ? Sur quel sujet allait-il poursuivre maintenant ? Heureusement, Fleur lui demanda :

— Où allons-nous ?

— Au bistr...

Boris prit conscience qu'à son mastroquet préféré l'y attendaient sûrement les trois autres sbires, rivalisant. Ils ne manqueraient pas de crier, à l'unanimité, que l'acquisition de Boris, Fleur, était la plus surprenante. Auraient-ils le mauvais goût de lui demander combien il l'avait payée et combien il comptait la revendre ? Boris ne préféra pas le savoir, sachant leur fruste grivoiserie. Il regarda sa montre. Peut-être aurait-il la chance qu'ils soient partis ? Mais Isabelle, la serveuse, serait là. Boris se rendit alors compte que ce qu'il considérait comme de la coquetterie, pour un jeu d'agréments, du badinage n'en étaient point. Isabelle avait le béguin pour lui et l'apparition de Fleur ne ferait que compliquer la situation, qui l'était déjà suffisamment. Voulant éviter que ses amis le charrient et que la serveuse déploie sa jalousie, Boris tenta de trouver un autre restaurant qui ferait l'affaire.

— Alors ? interrogea Fleur.

— Nous y sommes presque, soyez patiente !

En fait, Boris n'en avait aucune idée. Il dénombrait les restaurants du quartier, ralentissant son allure, jusqu'à ce qu'il se souvienne d'un petit restaurant russe non loin de là, où il allait dans sa jeunesse régler certaines de ses affaires. Boris n'avait plus qu'à espérer qu'il existe toujours. Tournant deux fois de suite à leur droite, au coin de la rue, Fleur lui fit remarquer en souriant :

— Vous nous faites tourner en rond.

— Je me suis trompé... mais regardez, nous y voilà !

Effectivement, le restaurant était là et se prêtait à un dîner romantique : chandelles sur la table, lumières tamisées, musique d'ambiance, violon russe, atmosphère feutrée et dépaysante.

— Aprrrès vous... fredonna Boris, en arrivant sur le pas de la porte.

Son allure slave leur permit d'avoir l'une des meilleures tables et le service le plus souriant. Boris fit tous les efforts possibles pour se rendre agréable. Il lui enleva sa veste pour l'accrocher au portemanteau, la fit asseoir et commanda deux vodkas.

— C'est la première fois que je viens manger dans un restaurant russe.

— Vraiment ? Alors, vous allez être étonnée... la cuisine est succulente et nous allons commencer par un zakouski !

Enfin installés, ils se retrouvèrent devant la nécessité de trouver un sujet de conversation. Ne sachant ni l'un ni l'autre par quoi commencer, Boris se demandait encore ce qui lui avait pris une heure plus tôt et Fleur ne savait pas au juste sur quel pied danser. Heureusement, il brisa la glace.

— Vous faites des brocantes depuis longtemps ?

— Oui, mais n'allez pas croire que j'aime ça !

— Ah, bon ?

— Non, je trouve même que les ventes de trottoir sont des panacées de monstruosités où le commerce des bagatelles se complaît.

— Le commerce des bagatelles ?

— Oui, tout s'y vend, tout s'y achète et à n'importe quel prix ! C'est absurde ! Les gens achètent et vendent vraiment n'importe quoi. Un jour, j'ai vu un type qui liquidait des morceaux de ferraille... vous vous rendez compte ? Des bouts de fer ! Et ne croyez pas que c'était un artiste... non, non, non ! C'était plutôt un ferrailleur ! Et le pire dans tout ça, c'est que j'ai vu, de mes propres yeux, des gens lui en acheter !

— Eh, oui, rien ne se perd, tout se crée !

— À d'autres ! Les gens n'ont rien dans la tête ou dans le cœur, quoique j'aie de plus en plus tendance à croire que le cœur soit situé dans la tête ! Et pour combler cette déficience, ils chinent, dépensent leur argent !

— Les objets ne font-ils pas rêver ?

— Rêver à quoi ? Non, un paysage, un roman, une peinture, une aspiration peuvent faire rêver, mais pas un objet !

— Ne croyez-vous pas qu'un objet soit toujours autre chose qu'un objet, quelque chose de plus ?

— Peut-être... mais s'il est un sentiment, je suis encore plus dépitée par la nature humaine qui en a besoin pour en éprouver...

— Je vous trouve très pessimiste.

— Peut-être, mais ne me prenez pas pour une communiste, loin de là ! Non, certains objets sont utiles, mais les gens les entassent et les entassent jusqu'à ce qu'ils ne puissent plus rentrer dans leur cour et tout ça pour quoi ?

— Laisser quelque chose derrière eux... des souvenirs ? Transmettre un vécu ?

— Non, car, au bout du compte, ce qui est important, essentiel, n'est pas ce que l'on a possédé, mais ce que l'on a vécu ! déclara Fleur, faisant profession de foi.

La vérité de sa maxime frappa Boris de lucidité et de silence.

— Si vous saviez ce que les gens sont égoïstes, reprit-elle. Ils sont uniquement là pour leurs petits plaisirs... j'ai vu des mères et des pères refuser d'acheter un jouet à un dollar à leur enfant et se payer ensuite des babioles à cent, alors que leur enfant pleurait de tristesse... Et puis, toutes ces vieilles bobonnes, qui non contentes d'entasser des objets, dépensent leur argent ou celui de leur mari pour d'immondes peccadilles au lieu de partir en fin de semaine ! Tiens, un jour, désabusée, j'ai jeté ce qui me restait et les gens sont arrivés, tels des rapaces sur un cadavre. Ils ont tout récupéré... ça me fait aussi penser à ces particuliers qui, à peine ont-ils vendu un objet, en achètent un autre... Et le pire vous savez ce que c'est ?

— Non ?

— C'est que personne, je dis bien personne, ne veut se reconnaître dans mes paroles !

Boris s'identifia un peu, mais n'en souffla mot, laissant Fleur continuer sa diatribe.

— Tout ça m'écœure, comme cette belle collection d'imbéciles qui passent leur vie à collectionner !

Boris songea qu'il était un de ces imbéciles, mais il ajouta :

— S'ils sont passionnés ?

— Si vous me parlez de passion, parlez-moi d'amour, de sentiment, de tragédie, de crime, de souffrance, de Dieu, de voyage, d'art, de liberté, mais pas d'objet... non, l'objet de la passion ne peut être un objet... ou alors, c'est de l'autosuffisance, de l'autosatisfaction, rien de plus ! C'est parce que les gens sont incapables d'aimer quelqu'un qu'il préfère adorer, idolâtrer quelque chose, mais ce quelque chose, quel qu'il soit ne peut souffrir aucune passion si nous parlons d'objets, seulement de fanatisme et d'égocentrisme, rien de plus !

— Mais, il y en a qui achètent pour le plaisir de l'objet !

— Oui, mais quel plaisir y a t-il à posséder un ancien meuble Louis XIV, si ce n'est du snobisme ! C'est comme ceux qui amassent leurs satanées cartes postales... Quelle bande d'idiots ! Non, il est uniquement question de possession...

peut-être de fétichisme... l'homme veut toujours posséder plus pour avoir la piètre illusion d'accomplir quelque chose... il pense qu'il y gagne son usufruit, mais il fait tout simplement ça parce qu'il n'arrive pas à posséder l'amour, l'affection de quelqu'un et il croit, non, il est sûr de l'obtenir par la détention excessive de biens matériels ! Mais grattez un peu et vous verrez qu'il fait ça pour combler le vide spirituel et sentimental de son for intérieur... les gens veulent que tout soit à eux... écoutez-les lorsqu'ils vous invitent quelque part, les voilà qui vous disent : tu verras, NOTRE restaurant est vraiment hors pair, NOTRE quartier est on ne peut plus paisible... Cet emploi abusif du pronom possessif est stupide ! Leur nom ne figure pas sur l'enseigne du resto et le quartier ne porte pas leur patronyme... non, tout ça, c'est parce qu'ils n'arrivent pas à être en possession d'eux-mêmes, à s'appartenir, alors il faut que les choses leur appartiennent... Et puis, c'est parce que les gens ne parviennent pas à s'affranchir de leur passé qu'ils gardent, entassent, n'arrivent plus à jeter ce qui leur a appartenu ou a appartenu à leurs parents... il y a aussi ceux qui ont perdu les traces matérielles de leur passé et les recherchent sur les brocantes, comme une chienne en chaleur cherche un chien !

— Que faites-vous du romanesque et de la nostalgie ?

— Les humains ne devraient pas avoir besoin d'un objet pour l'éprouver ! Non, les brocantes sont vraiment des lieux pour peine-à-jouir !

— Alors pourquoi les faites-vous ?

— Parce que mes parents ont passé leur vie à amasser des choses à ne plus savoir où les mettre, sans jamais quitter ce qu'ils appelaient leur quartier et qu'ils sont morts en me léguant leur fourbi et que j'essaye de m'en débarrasser en gagnant un peu d'argent... et ne croyez pas que ce fut facile, je me suis tant de fois fait filouter que j'ai vite appris à connaître le prix des choses !

— Vous préférez peut-être les avares ?

— Guère plus, mais ne pensez-vous pas que les avares sont des collectionneurs d'argent !

Un éclair jaillit dans les yeux de Fleur et elle rougit.

— Mais, ne le prenez pas mal, vous êtes peut-être un... un collectionneur...

— C'est vrai, mais tant pis pour moi, conclut Boris en riant, autant pour laisser échapper son stress que pour faire rire son invitée.

— Bon, parlons un peu de vous, continua-t-elle, essayant de se reprendre. Il m'a semblé déceler en vous un accent slave et vous m'invitez dans un restaurant russe...

Boris fut tenté de lui raconter une de ses fameuses fabulations, mais s'en abstint, tant il se sentait bien. Pour une fois dans sa vie et sur ses origines, il fut sincère et radieux de l'être. Fleur venait de se livrer à lui et il devait l'imiter pour que leur relation fût authentique.

Ils burent leur vodka, plaisantèrent à plusieurs reprises, parlèrent de tout et de rien, mais plus d'achat ni de vente. Les plats arrivèrent et la conversation devint plus personnelle. Ils se quittèrent enchantés par le moment qu'ils avaient passé ensemble, se souhaitèrent une bonne fin de journée et se donnèrent rendez-vous le lendemain à dix heures.

\*

« Ah, ça oui ! Pour de la personnalité, elle a de la personnalité ! » songeait Boris en rentrant chez lui.

Cette fin de dimanche après-midi était belle, même si le printemps ne s'était pas encore totalement installé dans la ville. Boris marchait tout en se persuadant : « tout de même, les objets sont attractifs, sinon pourquoi les gens les achèteraient... il faut bien qu'ils éprouvent un certain bonheur, sinon pourquoi acheter, collectionner... »

« Pour combler le vide de leur existence ! » retentit dans la tête de Boris.

C'était sa raison qui grimait la voix de Fleur. Pourtant, une existence remplie d'objets n'est pas si futile que ce qu'il y paraît. Il faut les ranger, les nettoyer, les contempler à loisir, les changer de place, leur parler, du moins, parler pour combler le silence alentour... et si elle avait raison, si mon existence n'avait été que la visite d'un vaste et interminable musée... N'ai-je pas vécu toute ma vie à travers les objets plutôt qu'à travers moi, mais si justement ma vie était tous ces objets ?

— Alors, pourquoi étais-tu si malheureux avant de la rencontrer ? intervint son cœur.

— À cause de cette satanée diseuse de bonne aventure !

Boris se gara, descendit de sa voiture et s'assit sur un banc public pour observer le coucher du soleil. Qu'y avait-il de plus beau qu'un coucher de soleil ? Une petite voix semblait lui susurrer des « rien », mais Boris, sans y prendre garde, s'abîma dans sa contemplation. Si Fleur avait raison, s'il était plus important de vivre que de posséder... Ah, elle est si belle et son ardeur si communicative ! En pensant à l'avenir, il se félicita de l'avoir invitée et un bien-être l'empoigna. Boris, sans savoir qu'il calculait ses chances, se remémora le déjeuner en essayant de déceler les indices d'une quelconque attirance que Fleur pourrait éprouver pour lui. Il disséquait ses paroles, pour y trouver des tentatives de séduction. Il se demandait si les sourires de Fleur étaient anodins ou charmeurs... Il déformait parfois un peu la réalité pour en jouir plus, mais tout compte fait, il lui semblait que Fleur l'avait réellement apprécié et qu'elle pourrait tomber amoureuse de lui.

Il ne croyait pas si bien dire. Fleur était rentrée chez elle, en songeant à Boris, à son regard nuageux, à sa peau albâtre, à son accent qui, apparaissant de temps à autre plus ou moins volontairement, la faisait rire tout en l'excitant un peu. Boris semblait être un gentleman, du moins s'était-il conduit comme tel et cette qualité ne pouvait être qu'un atout de plus pour lui, même si le trait le plus négatif pour Fleur fut qu'il soit collectionneur. Heureusement, il n'avait point parlé d'objets, réfuté ses théories pour d'autres plus objectales. En y songeant, Fleur se refusa d'admettre que son cœur battait un peu plus fort, que ses pensées s'échauffaient, et que le coup de foudre n'avait pas frappé très loin. Elle s'admonesta pour rester distante. Peut-être l'avait-il invitée pour mieux l'amadouer demain ? Peut-être espérait-il conclure l'affaire du siècle ? Fleur prépara leur rencontre, sans laisser libre cours à ses sentiments, même si elle sentait son cœur battre un peu plus fort que d'habitude. Elle rentra chez elle, mit les fleurs dans un vase et les contempla, rêveuse, toute la soirée.

Boris, lui, retrouva son appartement, froid et stérile comme une morgue. Le poids du passé semblait peser sur ses épaules, de ce passé que contenait chaque objet. Peut-être avait-elle raison, s'était-il voilé la face à collectionner, perdant du temps au lieu d'en profiter ?

Tous les objets semblaient le regarder, scruter la pénombre pour l'apercevoir et chercher son regard pour le subjuguer à nouveau. Boris préféra ne pas allumer la lumière pour mieux leur échapper et se faufila comme un voleur dans sa chambre, se déshabilla, se coucha sans même dîner. Son estomac ne protesta point, nourri par tant de pensées et de sentiments. Mais qu'aurait-il fait de tout ce temps s'il n'avait pas consacré sa vie aux objets ? Ne trouvant pas de réponse à son interrogation, Boris pensa à sa cave. Deux pulsions contradictoires l'assaillirent. L'une voulant l'y pousser, l'autre lui faisant éprouver une aversion cutanée pour ce que sa raison surnomma pour lors son horrible foutoir. Car qu'y a-t-il de plus laid que la mort, l'inanimé, l'inorganique ; et telle se présentait sa cave, son refuge où l'attendaient tous ses objets obsolètes et si peu vivants.

Peu à peu, Boris laissa ses préoccupations de côté, remplacées par des visions réelles et imagées de Fleur. Il était content de savoir que dans quelques heures, ils allaient se revoir, peut-être s'aimer. Boris commença à envisager tous les scénarios possibles, se disant que s'il continuait ainsi, il ne dormirait pas de la nuit et s'assoupit avant que la phrase ait atteint son entendement.

Il avait décidé de vivre au présent et de laisser les événements suivre leur cours.

*

— Bonjour, comment allez-vous ? dit-il en se découvrant.
— Bien, et vous ?
—Pas mal.
—Mais entrez.
Boris pénétra chez Fleur et resta stupéfié.
— Vous venez d'emménager ?
— Non, voilà plus de six ans que j'habite ici !
L'appartement de Fleur restait totalement dénudé ; c'était un de ces logements très modernes, presque sans meuble, éthéré, poussé aux confins de l'abstraction. L'entrée était nue, hormis un cadre et un miroir renvoyant l'image de la Marilyn de Warhol. Sur un guéridon en verre haut sur pied, trônaient

un téléphone sans fil et un trousseau de clefs, alors qu'en face un portemanteau à moitié inoccupé meublait l'espace. Dans le salon que l'on apercevait du vestibule, on distinguait un colossal canapé beige en forme d'équerre, un tapis à longs poils blancs d'Astrakan, quelques reproductions de Magritte et des objets détournés de Duchamp, une console pour les cocktails, une autre supportant une chaîne et deux enceintes opaques qui distillaient de la musique classique. Le canapé se tournait vers une immense baie vitrée surplombant les toits et donnant sur la voûte céleste, alors que derrière lui, une table en verre et quatre chaises, style léopard, attendaient des invités. Le plafond était vanille tandis que les murs s'irisaient d'un jaune très pâle ; des halogènes dissimulés par des arbustes d'intérieur diffusaient une faible luminosité. Pas de téléviseur, ni de bibelots, encore moins de désordre. La cuisine sur la gauche paraissait si ordonnée qu'aucun ustensile n'était visible. Boris ne vit pas la chambre, mais, hormis un matelas sur un sommier posé à même le sol, encadré d'une bibliothèque pleine à craquer et d'une reproduction de Pollock, il n'y avait rien d'autre. À côté du bureau, les portes d'une vaste penderie béaient, alors que jouxtant la bibliothèque une porte conduisait à une salle de bains, elle aussi moderne et aérienne. À la tête du lit, deux arbres courbaient leurs branches et cachaient deux lampes et deux enceintes, orchestrées par des télécommandes. Devant cette vacance, Boris hésita à franchir le seuil du salon.

— Qu'y a-t-il ? demanda Fleur.

— Je n'ai pas l'habitude de voir un appartement si... si vide...

— J'aime ce qui est dépouillé, mais asseyez-vous...

Fleur le précéda dans le salon et, une fois qu'ils furent installés, lui demanda :

—Vous voulez boire quelque chose ? Malheureusement, je n'ai pas de vodka... insinua-t-elle, le sourire aux lèvres.

Dommage ! C'est ce qu'il aurait fallu pour Stepanovitch, tant il se sentait déstabilisé par le manque d'âme du logis.

— Un café bien corsé sera parfait, répondit-il.

— Restez là, je vais le préparer.

Pendant ce temps, Boris inspecta le salon. La nudité ou plutôt le nudisme de l'appartement choquait presque le russe, lui qui était si habitué à s'accoutrer de meubles et d'objets, à habiller son monde en permanence. Son foyer était d'ailleurs vêtu comme lui, de manière incongrue, tape-à-l'œil, colossale, cossue et par-dessus tout bondée, comble ; c'était dans le trop-plein qu'il se sentait à l'aise.

De la cuisine, Fleur le consulta :

— Comment vous trouvez ma *fillonnière* ?

« Déshumanisée, désertique, lacunaire, impersonnelle ! » voulut-il répliquer, mais il s'en abstint.

— Originale, vraiment singulière !

— Merci, c'est si difficile de se meubler de nos jours !

Boris ne pouvait croire qu'elle avait de telles difficultés et qu'elle arrivait à vivre dans ce vacuum. Les propos qu'elle avait soutenus la veille n'étaient donc pas utopistes.

Elle s'approcha et lui tendit une tasse fumante qui lui permit presque d'oublier le reste et de se perdre dans la contemplation de Fleur, assise en face de lui, habillée d'une robe printanière dénudant ses jambes minces et seyantes à la fois. Apercevant les fleurs, Boris, suggéra :

— Vous devriez les sécher...

— Non, je préfère en profiter jusqu'au bout...

Boris finit son café, badinant avec Fleur qui le regardait de ses grands yeux en amande. Il avait du mal à savoir à quoi s'en tenir, vu qu'elle ne franchissait jamais les limites de la bienséance.

— Bon, allons voir la coiffeuse... proposa-t-elle.

— C'est à moi de vous suivre, aujourd'hui... riposta-t-il en écho.

Ils se levèrent tous deux, sortirent de l'appartement. Fleur habitait au dernier étage d'un immeuble et disposait de l'unique appartement du toit. Une fois dans le sous-sol, elle ouvrit son garage et autant l'appartement était vide, autant ce dernier se révéla plein. Certes, on pouvait encore s'y déplacer, mais il fallait éviter de se cogner et par là même entraîner une avalanche complexe. Boris déclara en riant :

— J'aurais dû prendre mon casque de spéléologue !

— Ne me dites pas ça, je suis malade de ne pas pouvoir me débarrasser de tout ce fourbi !

Stepanovitch commença à fouiner entre les objets.

— Jolie suspension...

— Ça vient de ma grand-mère.

Tout en contant fleurette, il continuait à fouiller, aux anges et sous le regard amusé de Fleur.

— Vous avez bon nombre de pièces intéressantes au milieu de ce fatras, comme ce miroir hollandais.

— Vous voulez voir le meuble ?

Fleur souleva un drap et Boris s'approcha, curieux, l'examinant sous toutes les coutures avant de décréter :

— Oui, il est bien d'époque. Il doit valoir deux mille et je serais prêt à vous le racheter mille six cent.

— Vraiment ?

Oui... et je pourrais vous acheter pas mal d'objets et m'occuper de la vente des autres, mais pour ça, il faudrait que je fasse l'inventaire... ainsi, vous ne ferez plus de brocante et vous aurez de la place dans votre garage...

— Ce serait un vrai miracle ! Quand voulez-vous revenir ?

— Je pensais à cet après-midi.

— Non, ce n'est pas possible, annonça Fleur en refermant la porte de son garage.

— Alors, demain ?

— Va pour demain après-midi !

Ils remontèrent au rez-de-chaussée et Fleur accompagna Boris jusqu'à l'entrée principale. Ils ne savaient plus quoi se dire et avant qu'un locataire ou le facteur ne vienne les déranger, Boris s'enhardit :

— Vous savez, hier, j'ai passé un très bon moment.

— Moi aussi... assura Fleur, presque indifférente et ne facilitant pas la tâche.

Il mâchouillait avec ses mains le rebord de son feutre et Fleur lui sourit, le trouvant charmant.

— Et si je suis venu aujourd'hui, c'est plus pour vous que pour votre meuble...

— Comment ça ? interrogea-t-elle, riant presque de la gaucherie de Boris.

— J'espérais que nous pourrions déjeuner ensemble...

Une vive chaleur transperça Fleur, ce qu'il lui révélait confirmait ses intuitions, enflammait ses désirs, et c'était ce qu'elle avait envie d'entendre.

— Je ne peux pas...

Avant que Boris ne soit déçu, elle reprit :

— Ce midi, mais ce soir, je suis libre. Venez me chercher vers huit heures !

*

Boris emmena Fleur dans un restaurant italien. Ils parlèrent de tout et surtout d'eux, de leur enfance, évitant le plus possible d'aborder des sujets où les objets pourraient prendre trop d'importance. À la fin du repas et alors qu'il payait l'addition, Boris demanda sans arrière-pensée, pour l'instant :

— Voulez-vous venir chez moi, j'ai une très bonne vodka et j'aimerais vous montrer, même si je sais que vous n'aimez pas trop ça, ma pièce secrète... elle renferme tous mes trésors...

Voyant sa sincérité, Fleur fondit devant tant d'innocence.

— D'accord... acquiesça-t-elle, oubliant sa répulsion pour les objets et les collectionneurs.

Ils se levèrent et Boris l'aida à enfiler sa veste. Fleur portait un tailleur, cachant un peu sa finesse et mettant en valeur ses jolies jambes qui, bien musclées, dénotaient avec la minceur de son corps.

Une fois dans la rue, ils retournèrent au parking où les attendait un petit bijou de collection, une Pierce Arrow noire. Tout était d'époque à l'exception des sièges en cuir élimé que Boris avait fait refaire. Il circulait parfois le dimanche pour son plaisir et lors de concentration de vieux tacots. Le reste du temps, la vieille cylindrée restait dissimulée aux yeux et au su des gens de son quartier. Ce soir, exceptionnellement, Boris avait décidé de la prendre pour étonner Fleur.

— Oh, quelle voiture, s'était-elle exclamée.

— N'est-ce pas ? avait répondu Boris, ravi qu'elle puisse apprécier un objet.

Pendant le trajet, ils écoutèrent, songeurs, le concert cuivré que le moteur leur offrait. Arrivés chez Boris, ils n'échangèrent pas un mot et Fleur entra la première. Il faisait sombre et avant que Boris n'allume, elle s'exclama :

— Ça sent le renfermé chez vous.

— Ça sent le passé, répondit-il en riant, c'est l'odeur des vieux objets...

Il chercha à tâtons l'interrupteur avant d'envoyer l'électricité courir sur toutes les ampoules, faire grésiller le filament des lampes à incandescence et leurs électrodes, et la lumière jaillit, aveuglante d'abord, puis harmonieuse par la suite. La vitrine s'était illuminée et présentait le même panorama que d'habitude.

— Que d'objets ! s'échappa de la bouche de Fleur.

— Ce n'est que mon fonds de commerce, venez... lui expliqua Boris, insoucieux.

Il la fit passer de l'autre côté et lui demanda en souriant :

— Que pensez-vous de ma garçonnière ?

Fleur resta coite un moment puis répondit :

— Chargée !

Ils rirent ensemble du caractère cocasse de la situation. Boris l'invita à le suivre et il descendit les marches menant à sa pièce secrète.

— Vous allez être l'une des rares personnes à pénétrer mon antre...

Une inquiétude traversa l'esprit de Fleur, mais le ton candide de Boris et son sixième sens l'assura qu'elle n'avait rien à craindre. Elle se figea en s'avançant dans ce qui lui sembla un petit musée des horreurs. Boris, lui, perdu dans son allocution, passait de bibelots en tableaux, de meubles en chinoiseries, s'arrêtant pour en parler avec passion et pour finalement lui dévoiler sa fameuse collection de couvre-chefs. Alors qu'il les dénombrait devant elle, le subconscient de Fleur lui murmura que si elle arrivait à inspirer autant de passion à Boris que tous ces objets, elle serait la femme la plus heureuse. Tout ce qu'elle avait à faire, c'était détourner son attention et elle s'approcha de lui en donnant l'impression d'écouter son verbiage, lui prit délicatement la main. Boris se retourna lentement, rendit son sourire à Fleur et parut perdre le fil de son monologue.

— Que tu es romantique ! lui souffla-t-elle.

Ils se regardèrent. Leurs yeux se rapprochèrent et fondirent les uns dans les autres pendant que leurs lèvres s'humectèrent. L'embrassade platonique se transforma peu à peu en un baiser volcanique. L'éruption était proche tant pour l'un que pour l'autre, et vida la cervelle de Boris de tout son sang et de toutes pensées cohérentes. Ils s'enlacèrent amoureusement et le cerveau de Fleur se brouilla ; son souffle devint haletant. Une idée traversa le tumulte de l'esprit de Boris — il allait jouir. La foudre frappa juste cette fois-ci et Fleur, impulsive et spontanée, cédant aux charmes du Russe, murmura, pensant qu'un sentiment non exprimé est un sentiment mort-né :

— Je t'ai...

Mais lorsqu'elle ouvrit les yeux et aperçut la pièce, la décoration la rendit soudain frigide. Boris, sentant qu'un bouleversement s'était produit, l'interrogea :

— Ça va ?

— Non.

— Qu'y a-t-il ?

— Tous ces objets, ces tableaux... ils ont l'air de me regarder… prêts à me hanter.

— Tu sais bien que ce n'est pas possible, affirma-t-il en prenant son visage entre ses paumes.

— Je sais, mais on dirait que tu vis avec des fantômes tangibles… des revenants bancroches !

Un silence s'ensuivit, troublé par leur respiration.

— Je ne peux pas, Boris, excuse-moi... Ça n'a rien à voir avec toi, mais ici, c'est impossible ! Tu me raccompagnes jusqu'à la sortie...

— Jusque chez toi, tu veux dire.

— Non, je vais prendre un taxi, merci.

Ils montèrent tous les deux jusque sur le pas de la porte.

— J'ai passé une bonne soirée et j'espère qu'il y en aura d'autres.

Elle l'embrassa brièvement sur les lèvres et Boris l'interrogea :

— Et pour demain ?

— Je t'attends comme prévu, confirma-t-elle en s'éloignant.

Boris, ne sachant que penser, rentra sa Pierce Arrow dans son garage et s'endormit juste après. Toutes ces émotions qu'il n'avait pas l'habitude d'éprouver l'avaient épuisé.

\*

Qu'est-ce qui lui avait pris ? Oui, pourquoi s'était-elle enfuie comme ça, comme une voleuse ? Après tout, ce n'étaient que des objets ! Pas des spectateurs ! Alors pourquoi s'était-elle sentie si mal à l'aise ? Fleur tournait en rond. Boris allait bientôt arriver pour la débarrasser du meuble. Pourquoi ne me suis-je pas laissé bercer par le désir ? Il est si craquant et je suis déjà si amoureuse... maintenant, leur rencontre serait plus difficile ! Qu'est-ce qui lui avait donc pris ? Des objets, elle en avait déjà vus et ce n'était pas ce qui l'avait empêchée de se déshabiller ! Oui, mais là, c'était différent... Fleur méditait. Boris avait dû se sentir si mal ! Pourquoi avait-elle agi de la sorte ? En fait, cela avait été plus fort qu'elle. À peine avait-elle ouvert les yeux qu'une vague répugnance l'avait semoncée et son désir, sexuel et autre, s'était éteint ! Ce n'était pas la première fois que ce couvre-feu lui arrivait, mais d'habitude elle réussissait à surmonter l'extinction totale. Cette fois, la pulsion avait été trop viscérale pour qu'elle pût lutter contre elle. Sa phobie des objets, des vieilleries, de ce qu'elle appelait l'antiquaille — chaque fois qu'elle employait ce mot, elle s'imaginait être une chienne fuyant en jappant : « kaï, kaï, kaï ! » devant un objet — s'était ranimée, même si jusque-là, Boris était parvenu à la lui faire oublier. Sa hantise de vivre dans le passé avait été plus forte et elle avait dû partir, ce qui n'avait pourtant pas aboli ce qu'elle éprouvait pour Boris, ni ne reniait ce qu'elle lui avait murmuré.

Ding.

— Le voilà !

Dong.

Le carillon l'entraîna instinctivement à se diriger vers l'entrée sans prendre le temps de réfléchir à ce qu'elle pourrait dire. Heureusement, c'était le facteur qui lui présenta un recommandé à signer. Une fois la porte close, elle regarda l'horloge de sa cuisine et conclut :

— Il ne devrait plus tarder maintenant...

Elle espérait qu'il ne lui tiendrait pas grief de son attitude de la veille au soir. Comment pourrait-elle dissiper le malaise ? La meilleure solution était de briser la glace tout de suite.

Ding.

— Enfin...

Dong.

Elle ouvrit la porte, sourit et avant qu'il ait pu dire bonjour, elle l'embrassa, l'attira à l'intérieur et lui chuchota :

— J'ai envie de toi tout de suite...

Elle était sur son territoire, maîtresse d'elle.

— Porte-moi jusqu'à ma chambre...

Il la souleva et pendant qu'il s'exécutait, Fleur savoura son baiser — elle allait jouir. Lorsqu'il la déposa, elle le poussa sur son lit et commença à se dévêtir. Boris la regarda, véhément, et aperçut la toile conceptuelle et l'abstraction de la pièce. Le peu de meubles lui fit l'effet d'une décharge électrique, lui donnant une impression d'impuissance et de non-figuration. La chambre dans laquelle il se trouvait représentait le néant et le néant seulement. À son corps défendant, il devint lui aussi frigide, attira Fleur à lui et la serra très fort dans ses bras, heureux de sentir sa chaleur et les battements de son cœur.

— Excuse-moi, c'est trop rapide pour moi.

— Mais hier soir, tu étais prêt.

— Aujourd'hui, je ne le suis pas et ta chambre me fait un drôle d'effet.

Il faut aimer si l'on veut être aimé.

Honoré d'Urfé

— Allô, c'est Boris.

— Comment vas-tu ?

— Bien, et toi ?

— Ça va...

Ils évitaient tous deux le sujet qui pourrait leur brûler les ailes.

— Fleur ? J'ai une idée... mais, il faut d'abord que tu répondes à une question...

— Vas-y.

— As-tu toujours envie de moi ?

— Oui...

— Alors, allons à l'hôtel !

— Pardon ?

— Oui, j'ai loué une chambre charmante... nous pourrions nous y retrouver en fin d'après-midi, faire monter un dîner et passer la nuit ensemble.

— Tu crois que ça réglera nos problèmes...

— J'en suis sûr ! Fais-moi confiance.

— Comment il s'appelle ?

— L'Hôtel des délices. C'est à mi-chemin entre chez toi et chez moi

— Oui, je vois.

— Toujours partante ?

— Vers dix-neuf heures, ça te va ?

— Très bien, à ce soir.

— J'ai hâte... confia Boris avant de raccrocher.

Il jubilait maintenant que Fleur avait accepté — ils allaient jouir. Qui plus est, ils devaient attendre pour se voir et leur désir ne cesserait d'augmenter. Ainsi, ils auraient le temps de se préparer, de se pomponner, de morfondre d'impatience et d'hésitation.

L'après-midi, comme de coutume dans ces cas-là, passa au ralenti. Le temps tel un élastique semblait s'étirer jusqu'à atteindre le point de rupture. Les minutes s'allongeaient, se transformant en heures. C'était absolument intenable et, vers cinq heures, Boris craqua et décida de sortir musarder.

Le printemps s'annonçait et, au lieu d'apaiser Boris, stimula ses hormones. Des pensées voluptueuses et luxuriantes, des visions séraphiques de Fleur le portaient aux nues. Dans la rue, le temps se rétracta et passa plus vite. Plus d'une heure fila et Boris décida de se rendre à l'Hôtel des délices. Le nom le réjouit, car il s'y rendait effectivement, même si pour l'instant, il était davantage au supplice.

Avant de parvenir au porche de l'hôtel, il aperçut une silhouette qu'il reconnut tout de suite. Sur le trottoir opposé, trépignait Fleur, elle aussi en avance. Il lui fit signe de la main et le temps de traverser la rue, ils se rejoignirent devant l'entrée. Fleur l'embrassa, alanguie, et ils n'échangèrent aucun mot. Le réceptionniste les regarda, non sans malice, avant de formuler :

— Monsieur, madame...

— Bonjour, j'ai réservé une chambre au nom de Stepanovitch.

— Voilà les clefs de la chambre 76. C'est au septième étage sur votre gauche en sortant de l'ascenseur... et bonne soirée... lança avec espièglerie l'employé.

Boris et Fleur ne l'entendirent point, déjà plongés dans les yeux de l'autre, entamant les prémices amoureuses. Le liftier leur demanda l'étage et Boris le lui lança en pensant septième ciel. Dans la cage d'ascenseur, l'atmosphère fut si suggestive que le garçon d'ascenseur se sentit mal à l'aise. Devant leur chambre, Boris tâtonna d'interminables secondes en ouvrant le portique de leur paradis.

Avant même d'avoir eu le temps de reprendre leur esprit, ils commencèrent et recommencèrent. Lorsque l'excitation tomba enfin et que l'épuisement eut raison d'eux, ils se glissèrent sous les draps, l'un en face de l'autre, béats, ne sachant lequel briserait le silence du lit. Boris s'en chargea.

— Je ne sais même pas ce que tu fais...

— Un métier que tu n'aimeras certainement pas !

La curiosité piquée, Boris voulut en savoir plus.

— Allez, dis-moi...

— Faussaire.

— Tu veux rire ?

— J'ai étudié les beaux-arts, espérant un jour devenir une artiste, mais je me suis vite rendu compte que je ne gagnerais pas ma vie, malgré mes talents...

— Alors, tu t'es reconvertie dans la contrefaçon.

— Oui, un de mes professeurs me conseilla de continuer dans la reproduction des œuvres de grand maître, car j'ai un compas dans l'œil et je peux recopier n'importe quel tableau... il me fallait juste apprendre les techniques de reproduction...

— Les tableaux chez toi sont des...

— Faux ! On pourrait dire avec élégance que je suis faussaire picturale, que je duplique l'imaginaire de manière presque authentique.

— Comment tu fais pour les vendre ?

— Je ne falsifie rien... j'exécute sur commande pour une galerie qui s'est spécialisée dans les faux... en ce moment, je suis en train de travailler sur un Tintoret.

— Où est ton atelier ?

— Dans la seule pièce dont tu n'as pas franchi le seuil.

— Ainsi, tu fais même de l'ancien...

— Oui, il existe des procédés pour vieillir les cadres, enfin pour faire croire que la toile est bien d'une autre époque... mais ne t'inquiète pas, je ne contrefais pas les objets...

\*

Les jours passèrent, sobres et langoureux ; Boris et Fleur nageaient dans le plaisir. L'Hôtel des délices devint leur lieu de prédilection, leur éden urbain, mais une ombre s'immisça dans leur bonheur.

— Je me demande ce que pensent les employés ? s'interrogea Fleur.

— À mon avis, ils ont trop d'imagination.

— Comme toi, lorsque tu racontes l'histoire d'un objet !

— À peu de choses près, oui. Sauf que moi, je ne cherche pas à savoir le comment et le pourquoi des actes de mes voisins !

— Parce que tu t'es toujours préoccupé de tes horreurs...

— Peut-être et peut-être pas ! répliqua Boris, peu convaincu.

— Ne le prends pas mal, j'aime te mettre en colère...

— De toute façon, on s'en fiche ! s'exclama Boris, revenant au premier sujet de la conversation.

Toutefois, le regard des autres, intrusif et mesquin, les toucha. Le personnel de l'hôtel prit peu à peu des libertés de langage. Le réceptionniste les accueillit avec un sourire pernicieux. Le groom et lui se lançaient des clins d'œil de connivence. Les femmes de chambre leur adressaient des petites remarques où l'envie et la frustration ressortaient, et qui finirent par gêner les amoureux. Les serveurs, eux, échangeaient des sourires en coin. Bref, tout le monde savait ce pour quoi Boris et Fleur étaient là et il n'y avait pas un employé de l'hôtel qui n'échafaudait des hypothèses quant au pourquoi de la chose. Le désir d'anonymat leur semblait évident, mais pas la cause. Mari trompeur et garce de grands chemins, amant célèbre et maîtresse volage, réfugiés politiques qui pour lâcher la pression sombrent dans la luxure, braqueurs de banques dilapidant leur butin, prisonnier échappé ayant loué les services d'une professionnelle...

Les employés laissaient leur imagination divaguer, mais tous avaient la certitude, quels que soient les antécédents de leurs deux tourtereaux, que cette passade finirait mal, que le final serait à la hauteur du nombre de leurs ébats, c'est-à-dire grandiose ! Aucun n'aurait à ce moment-là, envisagé un simple, non pas qu'il fût compliqué, mais plutôt qu'il était élémentaire, problème territorial et peut-être par extension existentiel.

Ainsi, tout le monde fut déçu, quand, au bout d'un mois, le couple arriva et demanda la note sans ambages. Aucun bain de sang ! Aucune descente de police ! Aucune troupe de paparazzis excités ! Aucun fait mystérieux et croustillant ! Le réceptionniste n'en crut pas ses oreilles.

— Pardon ?

— La note, s'il vous plaît.

— Carte de crédit ou liquide ?

— Liquide ! lança Boris, qui, comme la plupart des collectionneurs, détestait toutes formes d'argent virtuel, y voyant un moyen de dilapider le pécule amassé, sans s'en rendre compte.

Leur fuite ne mit pas un terme aux délices. Boris et Fleur firent tous les hôtels de leur quartier, y passant deux à trois jours, juste assez pour que le séjour soit agréable et plaisant.

La passion l'emportait, mais tous deux esquivaient leurs problèmes communs, ne voulant pas encore y songer.

*

— Boris ?

Plus d'un mois durant, ils batifolèrent d'hôtels en pensions, de restaurants en auberges, mais leur passion se consuma peu à peu, devenant une affection réciproque. Ils venaient de glisser dans le régime de l'habitude. Chaque jour, ils repoussaient le moment où ils sentiraient le besoin de rentrer dans leurs pénates, le moment où leur bercail respectif leur manquerait, à l'un comme à l'autre. Ils savaient maintenant que cette privation arriverait et qu'ils devraient y faire face, s'ils voulaient préserver leur amour. Fleur hâta les circonstances, un matin, alors qu'ils étaient couchés.

— Boris… Il va falloir que je finisse mon tableau et que je rentre chez moi...

Boris se renfrogna et Fleur l'attira à elle en l'obligeant à la regarder dans les yeux.

— Pourquoi tu ne me dis jamais que tu m'aimes ?

— Je n'y pense pas.

— Mais tu ne devrais pas avoir à y penser... ça devrait être naturel !

— Te le démontrer devrait suffire, non ?

— Ce sont des balivernes, Boris ! Les mots transforment les gens... les mots traduisent les pensées... il n'y a pas d'amour qui puisse se passer de mots, qui n'en nécessite l'usage...

— Je l'ai si peu dit dans ma vie que c'est difficile à exprimer.

— Pas pour moi, Boris, je t'aime !

Il lui sourit.

— Je t'aime, Boris...

112

Il la regarda sans broncher.

— Tu sais, ton problème, Boris, c'est que tu as tellement vécu avec des objets que tu es incapable d'aimer quelqu'un et de lui exprimer cet amour... tu es si habitué à une relation à sens unique... un objet, ç'a si peu de répondant, ça nécessite peut-être un nettoyage, de temps à autre, mais...

— Fleur ?

— Mais aucun engagement et c'est ça ton problème, Boris ! Tu ne veux pas t'engager, tu ne veux pas perdre ce que tu appelles ta sacro-sainte liberté, tu veux rester indépendant, mais à trop vouloir, tu finiras seul !

Boris voulut la calmer en la prenant dans ses bras, mais Fleur se leva.

— Ne t'en va pas...

— Il faut que j'y aille, Boris. Je ne voulais pas te blesser, Boris, ni te blâmer, mais c'est la vérité... je t'aime... et j'ai besoin de sentir que tu m'aimes et pas seulement que tu tiens à moi... j'ai besoin que tu me le dises tous les jours et je vois bien que tu n'es pas prêt !

Elle se retourna pour ne plus voir Boris et pour résister au désir de l'enlacer et de le réconforter. Avant qu'il ait pu prononcer un mot, elle était partie en claquant la porte, volontairement et par mégarde à la fois. Boris resta sur le lit dans cette chambre si peu accueillante qu'il rassembla ses affaires et se retrouva dans la rue, esseulé.

Il déambula quelques heures jusqu'à ce que la faim le tenaille et qu'il décide de réintégrer son foyer. Même si son cœur souffrait, Boris ressentit une douce chaleur à l'idée de rentrer chez lui, mais il déchanta à peine arrivé. L'appartement était vide, d'un vide désespérant. Plus désert qu'un désert. Seul l'écho de ses propres pas et paroles lui répondait. Il eut fugitivement l'impression d'être enfermé dans un musée. Pour combattre sa solitude, il mangea avec avidité et but de temps à autre quelques rasades de vodka glacée, mais le ventre repu, l'esprit encore non rassasié de l'absence de Fleur, Boris se leva brusquement et s'enfuit de son appartement, cédant aux invites de la douce chaleur printanière. Les rayons solaires l'irradièrent, tant son être, à l'exception de son esprit, se laissa submerger par un bien-être vernal. Les arbres bourgeonnaient, les fleurs se préparaient à éclore. Une légère brise soufflait. Le bonheur semblait régner. Beaucoup de couples le croisèrent. Même le trafic d'ordinaire si rébarbatif sembla bucolique. L'opéra printanier s'emparait de la ville, sauf de Boris, perdu dans ses pensées et dans son isolement.

Il marcha à l'aveugle l'après-midi durant, absent du monde environnant, même s'il enregistrait tout ce qui s'y passait. Lorsqu'un frisson le parcourut et qu'il leva la tête, il était presque arrivé dans la rue où habitait Fleur. Inconsciemment, sa conscience l'avait ramené là où il pouvait partager sa solitude. Indécis quant à ce qu'il voulait entreprendre, il trouva un banc public et s'y assit. Il pensa à tous ses objets. N'avait-il pas satisfait un plaisir égoïste en les chérissant ? N'était-il pas tout simplement incapable d'aimer quelqu'un ou n'était-ce que lui qu'il aimait à travers eux ?

Boris n'arrivait pas à trouver de réponses à ses interrogations. Une seule évidence possédait sa cervelle. Il avait besoin de Fleur, de la sentir à côté de lui, d'être avec elle, de partager son existence. Elle seule pouvait combler ce gouffre qui s'était installé en lui... Boris aimait Fleur... il aimait Fleur... il éprouvait de l'amour pour elle... de l'amour... amoureux… il était complètement amoureux, se répétait-il, comme pour y croire.

L'évidence se transforma en certitude, la certitude en nécessité impérieuse de partager cette évidence. Il l'aimait et ni son ancien mode de vie ni sa fierté mal placée ne le contraindraient à ne pas le lui avouer.

Il se leva d'un bond, comme s'il avait été monté sur ressorts, et s'engouffra dans la rue. L'immeuble de Fleur approcha ainsi que l'extase édénique que la révélation allait lui apporter.

Ding !

— Pourvu qu'elle soit là...

Dong !

Un silence suivit la sonnerie, puis des bruits de pas et de verrou. Fleur apparut dans l'embrasure de la porte. Boris la regarda, s'approcha, mit ses deux mains sur ses joues, monopolisa son regard et répéta à plusieurs reprises « je t'aime », souriant de plus en plus et éprouvant l'exaltation absolue, intense, l'abdication complète de sa raison.

Des larmes de joie ruisselèrent sur leurs joues et ils s'embrassèrent profitant ensemble de cet instant de pure félicitée. Après cette communion de sentiments, ils sortirent au restaurant, ne cessant de se murmurer des « je t'aime », intarissables, puis, une fois la dernière coupe de champagne dégustée, ils rentrèrent bras dessus dessous, heureux d'être ensemble.

Lorsqu'ils se couchèrent, Boris ne fit pas attention à la décoration de la pièce, accaparé par la beauté et la nudité de Fleur qui l'invitait au libertinage amoureux. Finalement, ils s'endormirent l'un contre l'autre, leur corps se moulant, trouvant une position adéquate et laissant ainsi leur conscience s'échapper vers les contrées du rêve.

Boris dormit du sommeil du bienheureux, de tout son saoul, mais se réveilla aux petites lueurs de l'aube, dans le silence encore pesant de la nuit. La pièce était si vide, alors que son cœur était si plein. Il regarda autour de lui et la vacuité extérieure sembla se déverser dans son esprit. Son cœur semblait se tarir de tout sentiment, de tout souvenir, de toute émotion, de toute pulsion. L'inanité de la chambre entraîna, malgré lui, l'indifférence de son être. Boris chercha bien un quelconque objet auquel se rattacher, mais il ne trouva rien. Il regarda alors Fleur, mais, même si ses sentiments se ravivèrent, cela ne suffit point. Désemparé, il fit appel à ses souvenirs, sans succès. Il avait pour cela besoin d'un support matériel, mais une idée jaillit dans sa cervelle. Ce serait une petite entrave à l'éthique de Fleur et elle ne pourrait pas la lui refuser.

Il se leva, chercha ses habits criards et les enfila. Alors qu'il quittait la pièce, Fleur lui demanda :

— Où vas-tu ?

— J'ai quelque chose à faire...

— Tu en as pour longtemps ?

— Ne t'inquiète pas, je serai bientôt de retour... rendors-toi...

Fleur articula un « je t'aime » avec difficulté et sombra de nouveau dans les bras de Morphée. Boris sourit, ferma avec le plus de discrétion possible la porte, alla à la cuisine, regarda sa montre. Normalement, il n'avait pas de temps à perdre, mais il s'accorda quelques minutes pour prendre un petit déjeuner et partir rassasié.

Pendant son absence, Fleur continua à dormir et l'entendit rentrer. Il n'avait pas verrouillé la porte de l'intérieur, ce qui lui permit heureusement de l'ouvrir de l'extérieur. Il n'arriva dans la chambre que dix minutes plus tard et Fleur, consumée par la curiosité avait dû se sermonner pour ne pas l'espionner, supposant une surprise. Boris entra avec un plateau sur lequel fumait un thé préparé à la russe, des viennoiseries et des croissants au beurre encore chauds.

Un « Oh ! » s'échappa de la bouche de Fleur, ébahie.

116

Il déposa le plateau et, avant même qu'elle commençât à déjeuner, Boris lui tendit un paquet plat, rectangulaire et volumineux.

— C'est pour toi, annonça-t-il.

— Tu n'aurais pas dû, répondit Fleur, n'en pensant un traître mot.

— Ouvre-le !

Elle déchira l'emballage et resta confondue. Boris déplia pour elle un petit triptyque. Les trois tableaux représentaient des scènes bibliques et le bois des cadres était travaillé à la main. Cette atrocité ne s'accordera jamais avec le mobilier de ma chambre, pensa-t-elle avant de conclure, réprimandant Boris :

— Tu n'as pas pu t'en empêcher...

Il le déposa sur la bibliothèque.

— Regarde, comme il a de l'allure, ici !

Au moins, Boris, en se réveillant, pourrait se raccrocher à cet objet, et il aimait le résultat baroque que produisait le triptyque posé sur le meuble en verre. Enfin, pouvait-elle le supporter un temps avant que Boris ne le remplace par un autre objet et qu'elle puisse le brader.

— D'accord, mais à une condition...

— Comment ça ?

— J'accepte ton présent si tu acceptes le mien.

— Un cadeau s'accepte sans conclure de marché, normalement !

— Accepte, s'il te plaît.

— D'accord, Fleurrr de mon cœurrr.

Du coup, elle l'embrassa, engloutit le petit déjeuner et se leva.

— Que fais-tu ? demanda Boris.

— Je vais aller chercher ton présent !

— *Timeo danao et dona ferentes*, se murmura Boris.

Ils sortirent ensemble et se séparèrent sur le trottoir. Fleur déclara, d'un sourire complice :

— À tout à l'heure et n'oublie pas ta promesse !

— J'ai prrromis et je ne rrrefuserrrai rrrien !

Qu'avait-il dit sans le savoir ? Boris regarda Fleur s'éloigner, folâtre, et rentra chez lui. Voilà trop longtemps qu'il n'avait pas vaqué à ses affaires et cette brocante l'avait stimulé. Il reprit ce qu'il avait laissé en plan, passa plusieurs coups de fil à des clients potentiels, prit des rendez-vous, étiqueta et épousseta des objets. Il rangea aussi son appartement de manière à ce qu'il soit moins encombré et que Fleur ne soit point perturbée par ce qu'elle appelait des vieilleries, et commanda un repas pour deux chez le traiteur. Il était encore en train de mettre de l'ordre et de faire un peu le vide sur ses étagères lorsque Fleur pénétra dans le magasin.

— Boris ?

— Entre, je suis à l'arrière.

Elle arriva avec un carton qu'elle tenait avec précaution.

— Tiens !

Boris le prit dans ses mains et, sentant que le poids était mal réparti, il le posa sur la table, l'inspecta et se demanda de quoi il pouvait bien s'agir.

— Allez, ouvre-le !

Il s'exécuta et à peine eut-il ouvert le haut du paquet en carton recouvert de papier-cadeau, qu'il entendit :

— Miouw.

C'était un miaulement frêle presque apeuré.

— Miouw.

Fleur prit dans ses mains un petit chat siamois.

— Miouw ?

— Tiens, il est à toi !

Boris le prit un peu maladroitement dans ses bras et sentit le petit matou ronronner.

— Tu n'as plus qu'à lui trouver un nom et à apprendre à vivre avec un être vivant de plus.

— Miouw !

\*

Miouw se vit attribuer le nom d'Odessa, car, en plus d'être un être vivant, c'était une chatte ; Boris se trouva donc du jour au lendemain contraint d'éduquer et de vivre avec Odessa, la petite siamoise. Il n'en finissait pas d'être fasciné par ses yeux bleus qui le regardaient avec amour et qui ne cessaient de bouleverser sa vie. Elle accaparait son oreiller pour dormir la nuit, réclamait de l'attention, empêchait Boris de lire son journal ou de faire sa comptabilité. Comme à cette époque, il se déplaçait constamment entre chez lui et chez Fleur, il prit l'habitude de voyager avec Odessa sur ses épaules. Après quelques déboires, comme le jour où un stupide teckel fit peur à la petite chatte qui grimpa au faîte d'un arbre, sans plus vouloir en descendre, elle ne le griffa jamais.

Odessa réclamait sa promenade lorsqu'elle voyait Boris s'apprêter à sortir, montant sur un meuble, se dressant sur ses pattes arrière, tendant ses pattes avant vers les épaules de Boris et émettant son « miouw » bref et succinct. Boris et Fleur avaient cru qu'en grandissant, Odessa muerait. Il n'en fut rien. Ainsi, Boris faisait ses courses avec elle, juchée sur ses épaules, et lorsqu'il se rendait chez Fleur, résidence secondaire de la petite siamoise, elle restait, calée, sur le siège du passager ou savamment allongée sur les genoux de son maître. Lorsque Boris ouvrait son magasin, la chatte s'installait dans la vitrine pour regarder les badauds passer. Parfois immobile comme une statue égyptienne, les gens n'y prêtaient guère attention. Mais la plupart de temps, ils s'arrêtaient pour la voir se lécher, jouer, vivre. D'apercevoir un être vivant entouré d'immatériel dans une vitrine les fascinait et les attirait, comme si le mouvement et la vie étaient plus attrayants qu'un objet. Boris ne comprenait rien, mais jamais sa devanture ne fut autant regardée. Il tenta l'expérience de se procurer un de ces gadgets censés produire un mouvement perpétuel et, certes, les passants jetaient un bref coup d'œil, sans pour autant faire halte. Quelquefois, ses voisins en train de promener leur chien s'arrêtaient et observaient la petite siamoise. Le chien grognait, bavait, rageait. Ses yeux s'exorbitaient. Il aboyait. Odessa, sereine, imperturbable, continuait à dormir, à se lécher, à jouer avec nonchalance ou s'approchait ostensiblement et regardait de ses grands yeux scrutateurs et interrogateurs ce qui pouvait bien agacer cette curieuse bête à poil. Certains propriétaires plus hargneux que d'autres, surenchérissaient alors :

— Regarde le CHAT... c'est un vilain CHAT... ksss... ksss, attaque mon chien, attaque !

Le brave toutou, bête et discipliné, aboyait de plus belle, alors qu'Odessa, lassée par le spectacle baveux et bruyant, s'en retournait vaquer à ses occupations.

À cette époque, tous les soirs, Boris se rendait chez Fleur où Odessa évoluait comme si elle était là aussi, la maîtresse du logis. Après avoir mangé quelques bouchées dans son plat, elle allait directement sur la terrasse circulaire qui faisait le tour de l'appartement, pour y courser quelques insectes ou se salir en se roulant dans la terre des pots des arbres. Pour se protéger du vis-à-vis, sur certains angles de sa terrasse, Fleur avait fait planter une série d'arbres qui entouraient l'appartement, tel un rideau vert et odorant, sans empêcher la lumière d'entrer et d'inonder les pièces. Odessa était aux anges et musardait dans sa petite savane personnelle sous les regards amusés et cajolant de Boris et Fleur, assis sur la balancelle.

Il y eut bien quelques problèmes, quelques velléités. Au début de sa jeune vie, l'infatigable Odessa voulait en permanence jouer, devenant parfois insupportable. Un jour, excédé, Boris l'enferma dans sa cave aux multiples trésors. Grand mal lui en prit. Odessa fit ses griffes après une bibliothèque Directoire, Boris s'en aperçut trop tard et la châtia. Odessa apprit avec le temps à faire la différence entre une bibliothèque Directoire et le grattoir que Boris lui installa. Chaque fois que Stepanovitch percevait le plus subtil bruit de grattement, il bondissait, traversait son appartement en hurlant : « Odessa », jusqu'à ce qu'il la déniche.

Malheureusement, une fois qu'Odessa eut découvert cette pièce aux mille recoins, son désir d'y pénétrer devint viscéral. Elle campait devant la porte, miaulait jusqu'à ce que Boris crie, fuyant devant les imprécations de son maître avant de revenir et ce dernier finissait toujours par céder, la laissant déambuler à sa guise dans l'appartement. Jusqu'à un certain point, on peut affirmer que ce fut l'animal qui éduqua l'homme.

Une autre fois, sans y prendre garde, Boris referma la porte sur Odessa qui, heureuse de se retrouver seule dans sa pièce favorite, en profita pour uriner sur un tapis d'Aubusson qu'elle auréola, tout comme l'eau de Javel macule les tissus colorés. Boris, furieux, l'isola sur le pas de la porte, mais Odessa, grande comédienne, le regarda avec tant de tristesse qu'il se laissa attendrir.

En fin de compte, homme et chat apprirent à vivre ensemble.

*

Par la force de l'habitude, Boris finit par supporter l'appartement de Fleur. Il avait continué à infiltrer, ce qu'il appelait de menus achats qui risquaient de plaire à Fleur, si encore on peut parler de plaisir, se composant ainsi un monde plus agréable. Boris rattachait ainsi son regard à des choses familières pour se sentir à l'aise. Avec lenteur et circonspection, il marquait son territoire. Indifférente, Fleur le laissa agir, encore plongée dans les affres de l'amour.

Ainsi, Boris lui acheta un vieux baromètre qui faisait aussi office de thermomètre parce que Fleur s'était plainte que de ne pas savoir la température de son atelier nuisait à son travail. Il lui avait aussi donné une imitation d'Ingres, quelques livres vieillots sur le travail de reproduction, une antique palette de peintre, une contrefaçon de vase en porcelaine de Saxe. Boris n'effectuait plus qu'une brocante par semaine et ramenait souvent un objet qu'il voulait faire authentifier par Fleur, disait-il, et qu'il installait mine de rien dans l'appartement de sa dulcinée.

Fleur, de son côté, avait revendu le triptyque à perte, fourgué une ou deux babioles de temps à autre de peur de voir son appartement encombré de bibelots, sans l'avouer à Boris qui croyait qu'elle les entassait dans sa cave.

Ils menaient une vie heureuse et l'été passa, languide. Fleur peignait dans son atelier l'après-midi pendant que Boris s'occupait de son magasin et ils se retrouvaient en fin de journée. Boris arrivait avec un bouquet de roses et ils discutaient, se séduisaient toute la soirée. Si Fleur n'avait pas trop de travail, ils passaient la matinée ensemble à se promener, à faire des courses, à s'aimer.

Chassez le naturel, il revient au galop.

Destouches

Le lendemain de Noël, Fleur réveilla Boris.

— Hum ?

— Boris, dis-moi pourquoi tu aimes tant les objets.

Il venait de lui offrir le nécessaire pour écrire à l'ancienne, un porte-plume, un encrier, le tout soutenu par un socle en bois sculpté, muni de multiples pots d'encre de couleurs différentes qu'il avait dénichés dans une vieille papeterie et de cire à cacheter. Plusieurs petites lames en métal y figuraient aussi, dépendant du style d'écriture, il avait aussi fait fabriquer un cachet aux initiales de Fleur.

— Boris, explique-moi cette attirance.

La raison de Boris émergea du brouillard chimérique dans lequel elle était plongée.

— Les objets me font rêver, je crois.

— C'est tout ? murmura Fleur, désappointée.

— Attention, je n'apprécie pas n'importe quel objet, mais plutôt ceux que tu appelles des vieilleries...

— Je sais.

— Elles véhiculent un savoir-faire manuel souvent perdu de nos jours... un passé... Les machines ont remplacé l'homme et j'aime les objets avant l'ère de la machine !

— Pourtant, la machine est elle aussi un objet... Pourquoi ne l'aimes-tu pas ?

— Parce qu'elle est utile et souvent laide à la fois.

— C'est tout ?

— C'est tout !

Fleur semblait réfléchir et Boris reprit :

125

— Peut-être est-ce aussi une question d'énergie ? Avec les vieux objets, l'homme était tenu d'utiliser son énergie, alors qu'aujourd'hui, la machine crée et transforme sa propre énergie.

— Ce que tu appelles énergie, c'est l'huile de coude, n'est-ce pas ? plaisanta Fleur en riant.

— Oui et non, répondit Boris.

— C'est pour ça que tu détestes l'Internet.

— Ce que je déteste, c'est rester des heures assis pour trouver ce que l'on cherche... et puis, je ne pourrai jamais chiner sur un ordinateur, car je ne verrai jamais que la photo de l'objet et non l'objet lui-même... et j'ai besoin de cette expérience de visu... et puis, l'Internet, c'est bien joli, mais, c'est un substitut à la vie.

—Comme la télé !

Fleur était une rhétoricienne de tout premier ordre.

— Si tu veux, reconnut Boris à contrecœur, mais pour revenir à ta première question... ce que j'aime surtout dans l'objet, c'est son histoire, petite fleurrrouschka... et tu le sais, l'invectiva Boris en prenant son accent russe.

— Son histoire ?

— Oui, regarde l'encrier, le porte-plume, le support sur la bibliothèque... ils datent de la fin du XVIIIᵉ siècle... ils ont certainement été construits par un artisan du tiers état pour un noble... une commande que le noble a dû payer une misère... il l'a amenée dans son château pour écrire sa correspondance et surtout sa correspondance amoureuse...

Fleur l'écoutait, happée par les vibrations suaves et exotiques que la voix de Boris pouvait adopter.

— Et puis, brusquement, la Révolution éclate... on vient chercher le noble pour la guillotine, la foule en furie pénètre son château, casse le mobilier, jette les objets dans les rues, les éparpille et les piétine... miraculeusement, un pillard y prête attention, moins obsédé par le carnage et le saccage à accomplir... il trouve l'objet à son goût... peut-être veut-il l'offrir parce qu'il le juge beau, ou l'utiliser... bref, il le met sous sa chemise et repart avec la foule et le noble à la guillotine... Chhhhh—KLAK !

Boris allia le geste à la parole en imitant le couperet avec la main.

— Le propriétaire perd la tête, la foule est satisfaite... le pillard ne rentre pas chez lui, mais se rend à une réunion pour conspirer au nom de la liberté... Pendant le conseil non pas de guerre, mais de guillotine, le voilà qui pose son objet sur une table et l'oublie... et par le plus grand des miracles...

Boris s'arrêta un instant et Fleur le supplia des yeux de continuer.

— À toi de trouver la suite !

— La suite ?

— Oui, continue l'histoire...

Fleur parut dubitative et en proie à une détresse narrative.

— Par le plus grand des miracles, l'objet survit à la Révolution...

— Bien, l'encouragea Boris.

— Et on l'utilise pour rédiger les Droits de l'Homme lors de la Constituante de 1789, ces droits considérés comme droits naturels...

— Fantastique, s'exclame Boris.

— La confusion règne... le pays vacille... l'objet reste où s'est tenue l'assemblée... tout rentre finalement dans l'ordre et un magistrat se l'accapare pensant qu'il sera du plus bel effet sur son bureau... Bizarrement, il ne l'utilise pas et s'en sert de décoration, déjà à cette époque, il y a des collectionneurs... il le trimballe de son bureau au prétoire, tel un objet capable de rendre la justice, un objet impitoyable qui a appartenu à un guillotiné... cependant, un jour où il réclame pour une fois réparation, emporté par sa plaidoirie, il oublie son objet talisman... à toi, maintenant ! lança Fleur à Boris, à court d'imagination.

Boris, ne se faisant pas prier, poursuit l'histoire rocambolesque de cet objet.

— Mais cet oubli n'est pas passé inaperçu pour tout le monde... un jeune garçon s'approche du bureau, le chipe et le met sous sa gabardine, voulant gagner un peu d'argent, et se rend porte de Saint-Ouen pour le vendre aux puces... l'objet reste sur l'étalage un certain nombre d'années, jusqu'à ce qu'un monsieur l'achète pour écrire... ce monsieur, c'est Victor Hugo qui utilise son acquisition pour déclencher une tempête dans l'encrier et, ironie du sort, pour écrire plus tard, bien plus tard, *1789*, son livre pamphlet... À sa mort, ses enfants encore vivants, il y en a peu, remisent ses objets et là, pendant plusieurs années, on perd sa trace... aucune nouvelle... il a disparu de la circulation et de l'histoire... pour réapparaître en tableau... oui... Braque se l'est procuré, je ne sais comment, pour le peindre et il le peint... le tableau est d'ailleurs exposé à New York, mais la guerre éclate... l'objet disparaît à nouveau dans la cave d'un particulier qui ignorant sa valeur ne s'en préoccupe pas... ce sera son petit-fils, désireux de gagner de l'argent et de débarrasser son grand-père, qui dévalisera sa cave pour vendre à un prix dérisoire, l'objet qui trône en ce moment sur ton armoire...

Avant le silence qui suit toujours le dénouement d'une histoire de Boris Stepanovitch, il reprit en déclamant :

— Oui, cet objet a vécu mille vies, traversé l'histoire sans heurt ou presque... il est passé de main en main pour aboutir temporairement dans les miennes avant de continuer son chemin et n'est-ce pas fascinant ?

— Tu as raison... conclut Fleur, sans pour autant penser qu'elle devrait s'encombrer d'objets.

Étrangement, Boris avait omis de parler de ce désir de possession qui l'animait. Peut-être l'oubliait-il dans les bras de Fleur ou ne voulait-il pas l'alarmer ?

— Mais, tout de même, Boris, il y a bien d'autres choses qui te font rêver...

— À part les Walt Disney et toi, je ne vois rien !

— Sois sérieux... il y a bien des choses que tu as toujours rêvé de faire... des projets qui t'ont tenu à cœur... des rêves d'enfant que tu voudrais encore concrétiser... parce que les objets, les films, c'est bien beau, mais ce ne sont que des substituts de vie, non ? N'as-tu pas rêvé de vivre quelque chose ? Quelque chose qui changerait ta routine... Quelque chose d'immatériel ? Une expérience ? Comme, je ne sais pas, moi, sauter en parachute !

— Sauter en parachute ?

— Ce n'est qu'un exemple, Boris. Quelque chose d'abstrait, de transcendantal ? N'avais-tu pas un idéal, enfant ?

— Si ! répondit Boris.

Fleur, surprise, fut arrêtée dans son élan langagier.

— Je rêvais de faire de l'archéologie !

— De l'archéologie ?

— Oui, je voulais devenir archéologue... mais le sort en a décidé autrement... je suivais mon père qui vendait et achetait lors de ses expéditions d'achat-vente et j'ai moi aussi vendu et acheté...

— Et tu ne voudrais pas réaliser ton rêve maintenant ?

— Il est trop tard, je suis trop vieux...

— Tu es peut-être trop vieux pour devenir archéologue de renom et de métier, mais il n'est pas trop tard pour entreprendre des fouilles archéologiques !

— Des fouilles ?

— Qu'en penses-tu ?

— C'est une bonne idée, mais où, comment... je n'y connais rien...

— Laisse-moi faire, je m'en occupe ! Et ne ris pas !

— Je ne ris pas, murmura Boris, en faisant basculer Fleur.

— Commence à potasser tes livres d'archéologie !

— Quels livres ?

— Ceux que tu vas acheter demain ! Sans oublier l'attirail du parfait archéologue en herbe !

Boris s'immisça dans l'intimité de Fleur, mettant un point transitoire à la conversation.

\*

Effectivement, Fleur s'occupa de tout. Pendant ce temps, Boris se procura un nombre fou d'ouvrages concernant l'archéologie, sa nouvelle lubie. Livres érudits et vulgarisateurs : *L'archéologie pour les nuls, L'a b c du parfait archéologue. Le manuel des premières fouilles archéologiques*. Il se renseigna bien pour suivre des cours à l'université, mais, à son plus grand étonnement, on devient archéologue sur le tas, sur le tard et souvent par soi-même. Il y avait très peu de séminaires destinés à apprendre l'archéologie en tant que telle.

Boris passa ses journées entières à feuilleter, couvrir de notes, de croquis et d'idéogrammes des calepins que Fleur lui avait offerts pour l'occasion. Il courait aussi de bibliothèques en magasins, de galeries en conférences. Il écuma tous les musées de la ville, essayant de deviner l'origine des objets sans lire l'étiquette descriptive. Toutes les émissions télévisées sur le sujet furent regardées, enregistrées, disséquées, commentées. En l'espace de deux mois, Boris devint un amateur chevronné et bien instruit. Il savait ce qu'étaient un marteau de Thor et un vase étrusque, pouvant les identifier, les authentifier et les dater.

De son côté, Fleur cherchait le meilleur endroit pour entreprendre des fouilles en amateur. Boris ne tenait plus en place, demandant, inlassable, la date de leur départ et leur destination.

— Calme-toi, je ne sais pas encore... le sermonnait-elle.

Il se remit à étudier avec plus d'acharnement. Enfin, début mars, Fleur arriva chez lui, et lui annonça :

— Nous partons vendredi...

Boris sauta de joie et Fleur fut heureuse de l'avoir détourné de ses préoccupations objectales.

— Il faut que je fasse ma valise !

— Boris, tu as encore deux jours devant toi... par contre, si tu as le temps, faisons quelques courses.

— Où allons-nous commencer ces fameuses fouilles ? demanda Boris.

— C'est au Caire. Comme ça, nous profiterons du soleil et du lieu, avoua-t-elle alors qu'il pénétrait dans la voiture.

— En revenant, il faudra que tu m'arrêtes dans plusieurs librairies afin de faire provision de guides touristiques.

Boris et Fleur s'achetèrent deux ensembles beiges en toile épaisse et aérée, munis de poches multiples, ressemblant à des treillis militaires conçus pour le désert ainsi que des chaussures de randonnée. Heureusement, le reste du matériel était fourni sur les lieux mêmes. Après avoir dévalisé trois librairies et emprunté des in-folio à la bibliothèque, ils rentrèrent chez Fleur et attendirent que les deux journées s'écoulent. Elles furent interminables et languissantes. Boris essaya bien de se concentrer sur ses lectures, mais, en proie à des visions quasiment cinématographiques, il laissait son esprit vagabonder vers d'autres rivages, ou excité, suppliait Fleur de lire les passages sur lesquels il ne pouvait retenir son attention ni son imagination. Fleur, elle, s'exaspérait de tant d'enfantillages et d'excitation puérile. Ce n'est qu'une fois dans l'avion, qu'ils s'apaisèrent. Elle lui expliqua donc que c'étaient des fouilles organisées, c'est-à-dire encadrées par des professionnels. S'ils réussissaient le stage de formation, ils les aideraient avec d'autres volontaires à déblayer les ruines ensevelies d'un village... et excaver ce qu'il y avait à excaver.

À peine furent-ils descendus qu'ils sautèrent dans un taxi en direction de l'hôtel, prirent possession de leur chambre sans s'accorder le temps de défaire leurs bagages et repartirent jusqu'au lieu des fouilles.

— Tu sais que le stage ne commence que demain...

— Ne t'inquiète pas, Fleurrr de mon cœurrr, je veux juste voir les lieux, c'est tout...

Le taxi les déposa et Boris prit Fleur par la main, l'entraînant à vive allure. Des barrières les empêchèrent de poursuivre leur promenade. Des gardiens suivaient leur chemin de ronde et Boris contempla ces fouilles à ciel ouvert, le cœur battant, ce qui parut à Fleur d'interminables minutes. Enfin, Boris lui chuchota à l'oreille un « merci » et ils repartirent flâner, déambuler, lécher des vitrines, dîner dans un restaurant et s'écrouler ivres de fatigue sur le lit.

Les jours suivants, ils furent aussi fourbus. Leur formation ne s'avéra guère intéressante, mais tous deux réussirent les tests. Les fouilles, alors, débutèrent et Boris fut vite déçu. La première semaine s'acheva et il n'avait aidé qu'à déblayer les fondations d'un mur de pierre. Ils entamèrent la deuxième semaine moins enthousiastes par le nettoyage systématique de menus objets et le terrassement d'endroits encore enfouis. Boris rageait et s'épuisait à aller vite, n'épargnant pas ses mains déjà rongées par les ampoules.

En définitive, le dixième jour, ils passèrent à l'extraction d'objets, et un lopin de terre à creuser avec délicatesse, qui renfermait peut-être des objets mortuaires, leur fut assigné. Boris et Fleur s'attelèrent avec engouement à la tâche. Le douzième jour, Fleur supposa qu'elle avait trouvé quelque chose, mais ce n'était que le crâne d'un petit mammifère sans intérêt.

Le treizième jour commença dans la mauvaise humeur et Boris ne croyait plus qu'il découvrirait l'objet de son désir. Pourtant, après avoir aplani un monticule, il sentit une résistance sous sa truelle. De peur de se tromper, il préféra ne pas prévenir Fleur et continua, fébrile, à enlever la terre jusqu'à ce qu'une minuscule urne funéraire apparaisse. Boris qui aurait dû avertir un des archéologues, prit ses pinceaux et commença à enlever les grains de sable et les graviers qui coinçaient l'objet. Voyant que Boris avait arrêté de creuser, Fleur s'approcha.

— Tu as trouvé quelque chose ?

— Regarde ! s'exclama-t-il, sans plus et en continuant son travail d'excavation.

Suivant les consignes, Fleur prévint un archéologue et ils revinrent au moment où Boris brandit l'urne libérée en poussant un « youpi » libérateur. L'archéologue la lui prit des mains en l'invectivant :

— Vous auriez dû me prévenir... si ça se trouve, vous l'avez endommagée !

— Regardez vous-même et vous verrez qu'elle est en bon état.

— Mouais.

— Bon, rendez-la-moi.

— Hors de question !

— Comment ça ?

— Je vais la donner à un spécialiste qui va la nettoyer et lui redonner vie.

— Mais elle est très bien comme ça.

— Vous verrez, elle sera encore mieux.

— Mais je veux la garder ainsi, elle fait plus authentique.

— La garder ? Vous ne comptiez tout de même pas garder des objets...

— Et pourquoi pas !

— C'est la propriété du gouvernement.

— On ne m'avait pas prévenu qu'il fallait restituer ce qu'on trouvait. Si j'avais su, je n'aurais jamais payé pour des fouilles aussi merdiques, c'est une honte ! Payer pour creuser... déterrer des trésors qu'on ne peut même pas conserver ! C'est scandaleux ! Je tiens à être remboursé...

Fleur essaya de le calmer en lui expliquant :

— Écoute Boris, ça fait partie du patrimoine national.

L'archéologue revint après avoir déposé l'objet en lieu sûr.

— Si vous voulez, vous pourrez acheter une reproduction.

— Dépenser des sous pour une reproduction, vous n'y songez pas ! C'est hors de question ! D'ailleurs, ne comptez plus sur moi !

Boris s'éloigna. Fleur le rattrapa et lui lança à la figure :

— Tu fais un scandale parce que tu es égoïste... j'ai honte, Boris, la même honte que j'éprouve lorsque que tu fouilles des immondices dans les rues avec l'espoir d'y trouver ton Graal... l'archéologie ne t'a jamais réellement intéressé, sauf parce qu'elle te permettait de posséder... les reliques, tu veux qu'elles t'appartiennent, tout comme moi, alors qu'elles pourraient aller dans un musée, mais non, tu veux être le seul à pouvoir les contempler !

— Où est le mal ? La prochaine fois, nous serons seuls, dussé-je creuser des mois avant de trouver quelque chose ! grommela Boris en s'éloignant.

Les jours suivants, ils s'évitèrent le plus possible, se parlèrent peu, ne mangèrent point ensemble. Le retour dans l'avion fut pathétique et silencieux. Aucun ne prit l'initiative de rompre leur mutisme, pensant tous les deux être dans leur bon droit. Arrivés à l'aéroport, ils se quittèrent, allant chacun dans leur direction.

Une semaine après, la chair les fit se raccommoder. Boris vint chez Fleur présenter ses excuses et Fleur lui offrit, pour se faire pardonner, une fidèle reproduction de ce qu'il avait trouvé. Ils s'embrassèrent. Boris posa l'objet reproduit sur la bibliothèque en pensant à l'excitation qu'il avait ressentie en découvrant l'original et il fit l'amour à Fleur.

*

— C'est le printemps !
— Et alors ? interrogea Boris, étonné.
— Eh bien, qui dit printemps, dit nettoyage de printemps !

Il y a des gens qui à peine pressentent-ils le printemps, se sentent mieux, beaucoup mieux.

— Je ne vois pas ce que tu veux sous-entendre !
— Nous allons faire une brocante !
— De quoi veux-tu te débarrasser, il n'y a rien chez toi ?
— Tu oublies ta cave et surtout tout ton capharnaüm !
— Mais il n'y a rien à jeter dans mon capharnaüm.
— Allons voir et je te trouverai des babioles à vendre...

Malgré les ronchonnements de Boris, ils se rendirent chez lui et Fleur lui demanda à brûle-pourpoint :

— Montre-moi ce dont tu ne voudras jamais te débarrasser, ce à quoi tu tiens comme à la prunelle de tes yeux !

— Tout.

— Je ne plaisante pas, Boris !

— Moi, non plus. Je ne comprends pas pourquoi tu me forces à vendre des objets, alors que je n'en ramène presque plus chez toi et que je ne sais pas ce que tu as fait des autres !

— Pour que tu te sentes mieux !

— Alors, laisse-moi avec mes vieilleries et je ne t'ennuierai plus avec ton néant.

— Ne nous fâchons pas, Boris. Nous allons juste faire l'inventaire de tes objets...

— Pourquoi veux-tu dépouiller mon stock puisque je suis brocanteur ?

— Pour que tu te sentes mieux après !

— Ah, oui ? Et je sentirai quoi ?

— Un sentiment de légèreté.

— De légèreté ?

— Allez, Boris ! Sois gentil...

Boris céda et commença à inventorier l'appartement au complet.

— Commençons par tes objets personnels... ustensiles de cuisine, meubles, vêtements. Enfin, tu vois ce dont je parle... tu dois bien avoir des choses à vendre...

Tout en marmonnant, Boris se mit à l'ouvrage. Des meubles, il se sépara d'antiques chaises dépareillées sans trop de difficultés. Des vêtements, il trouva bien quelques frusques burlesques et chatoyantes qu'il ne portait jamais et il en jeta d'autres, refusant de les apporter, tant c'était passé de mode et en mauvais état, malgré les protestations de Fleur prétendant que tout se vendait sur une brocante, absolument tout, mais Boris n'en démordit pas. Il voulait bien écouler de la marchandise, mais il avait une réputation à maintenir.

— Et dans tes chapeaux ?

— N'y songe même pas !

Quant aux ustensiles de cuisine, Fleur découvrit plein d'objets fonctionnels, demandant s'il voulait s'en défaire.

— Je peux en avoir besoin.

— Vraiment ! Tu dois t'en servir une fois par an et encore !

— Est-ce une raison suffisante pour les vendre ?

— Oui. Regarde cette pince à cornichons par exemple. De nos jours, elle est devenue obsolète.

— Alors, pourquoi la vendre ?

— Quelqu'un la trouvera à son goût...

Boris marmonna dans sa barbe :

— C'est bien pour ça qu'on en a encore besoin...

— Pardon ?

— Vendons-la !

— Boris, je vais t'expliquer une règle d'or... Il faut se débarrasser tout de suite des choses pour ne pas en avoir besoin ! Plus tu gardes un objet, plus tu risques d'en avoir l'utilité, c'est *sine qua non*... et c'est à ce moment-là que tu te dis : ah, si j'avais su, je ne l'aurais pas jeté !

Boris ne répondit rien ; son cœur se fêlait.

— Et tes livres ?

— Je vais bien en trouver quelques-uns que je n'ai jamais fini et que je ne finirai jamais...

— Tes vinyles démodés ? Oh, et cette lampe, elle est tellement laide !

— Tu as raison... d'ailleurs, je voulais la remplacer... lança Boris en souriant.

— Et tes DVD ?

— Ça se vend ?

— Mieux que tu l'imagines.

— Prends tout, sauf les Walt Disney, annonça Boris, alors qu'il triait ses livres avant de passer aux disques.

— Et dans tes outils ?

— Des outils, c'est toujours utile !

—Tu n'en as pas en double ?

Alors que Boris s'occupait de vérifier, Fleur, elle, répertoriait les objets, les empaquetait et les rangeait.

— Tu sais qu'il va falloir que tu baisses tes prix si tu veux t'en débarrasser...

— Nous verrons ça le jour de la brocante ! Mais, Fleur, à part me sentir bien, à quoi serviront mes ventes ?

— Avoir de la place.

— C'est tout ?

— De l'argent.

— N'en ai-je pas déjà assez ?

Après une phase de silence, Fleur attaqua de nouveau.

— Ces magazines, qu'en fais-tu ?

— Je les garde, ce sont des magazines sur les antiquités et l'archéologie... Tiens, en cherchant des choses superflues, j'ai remarqué que tu avais beaucoup de chaussures et que tu gardais même des vieilles paires que tu ne mets jamais... Profites-en pour les vendre... ça te fera de la place !

Fleur, prise à son propre piège, essaya bien de reculer, mais sans succès.

— Je les aime bien...

— Elles sont inutiles et nous nous en occuperons après mes affaires, d'accord ?

— Oui, bredouilla-t-elle.

Lorsqu'ils eurent fini, ils déjeunèrent ensemble et, à la fin du repas, Fleur affirma, pour rassurer un peu Boris :

— Je respire mieux dans ton appartement maintenant, et toi ?

— Il y a un peu plus d'espace, mais de là à dire que je me sens mieux... de voir ces cartons me dégoûte.

— Bon, passons à ta cave... je suis sûre que nous allons y dénicher des abjections à liquider.

Boris crut qu'il allait s'étrangler et préféra boire une vodka bien fraîche pour s'en remettre. Voyant que Fleur ne transigerait pas, il prit le parti de lui donner satisfaction en offrant en pâture son magasin. D'ailleurs, voilà trop longtemps que son fonds de commerce n'avait pas changé d'aspect et qu'il devait le renouveler.

Fleur acquiesça sans déceler de manœuvre machiavélique. Boris espérait bien que son camion et celui de Fleur se rempliraient ainsi rapidement, sans trop attaquer sa réserve personnelle.

Dans ce brouhaha, ce méli-mélo d'objets, de papier bulle, de journaux, de cartons, de boîtes, de polystyrène, dans ce remue-ménage, ce nettoyage par le vide, cet imbroglio de bric-à-brac, Odessa était aux anges, courant, sautant, se dissimulant, paradant dans une boîte, roulant sur un journal, déchirant avec vivacité les papiers qui traînaient. Ce désordre fut pour elle un deuxième paradis, éphémère certes, mais appréciable.

— Je vais te montrer ce que je garde et nous prendrons le reste.

— Tu en es sûr ?

— Voilà que tu doutes maintenant... oui, je suis sûr et puis comme ça, mes clients réguliers viendront dépenser leur magot... Je garde cette mappemonde, par exemple... ce meubleci... ce bibelot-là... non, pas cette horloge ! C'est ma dernière acquisition et j'y tiens !

À la fin de l'après-midi, tout était empaqueté et Fleur demanda, heureuse des résolutions que prenait Boris :

— Et la cave ?

— Nous allons charger nos camions avec ce qu'il y a et nous verrons s'il reste de la place.

Ils ahanèrent avec les meubles qui remplirent le camion de Boris, alors que les cartons comblèrent l'espace de celui de Fleur.

— Voilà, c'est fini, déclara Boris.

— Oui, mais il reste un peu de place dans ton camion et nous pouvons encore caser d'autres objets ! Descendons dans ta cave...

— Si tu veux... convint Boris à contrecœur.

Éblouie par la lumière, Fleur crut pendant quelques secondes que la pièce était vide, mais elle déchanta rapidement. Boris regarda le tout, visiblement mal à l'aise et elle prit le taureau par les cornes en affirmant :

— Bon, laisse-moi faire... tu n'as qu'à me répondre par oui ou non...

Elle déambula parmi les objets et demanda :

— Ça ?

— Non.

— Et ça ?... Alors ?

— Non.

— Oh, ça, Boris, c'est vraiment hideux, vends-le !

C'était une vieille machine à écrire Underwood sur laquelle Hemingway aurait pu pianoter.

— D'accord.

— Boris, tes croûtes me donnent vraiment l'impression de me regarder, de me juger, tu ne veux pas les vendre ?

C'étaient des tableaux de musée et d'église, des portraits académiques et des natures mortes classiques, mais non sans valeur... Fleur le savait très bien, mais elle préférait l'art moderne depuis Goya et dévalorisait donc par le langage les peintures de Boris pour le convaincre.

— Je vais te donner ceux dont je ne veux plus.

Il alla chercher un escabeau et revint pour décrocher ces barbouillages avec circonspection et peu d'entrain.

— Et ça ?

— Non.

— Il faudra bien que tu finisses par me dire oui, plaisanta-t-elle. Et ça, tu y tiens vraiment ?

— Oui, dit Boris, le sourire aux lèvres.

De la cave, ils avaient réussi à choisir une vingtaine de bric-à-brac et c'était un miracle. L'appartement sembla si vide que Fleur accepta d'y rester pour deux nuits. Le lendemain, Boris eut beaucoup de labeur. Il dut joindre ses clients, préparer de la monnaie, établir la liste des prix pour Fleur, ne cessant d'appréhender la brocante, la peur au ventre.

— Tu devrais manger un peu, lui suggéra Fleur.

— Non, merci. Je n'ai pas faim.

— Calme-toi, tout va bien se passer.

Boris le savait, mais il ne pouvait pas s'empêcher de redouter le pire. Fleur, exténuée par ses deux journées, glissa sans difficulté, aucune, dans les rêves, mais Boris, lui, eut du mal à s'endormir. Son estomac se nouait et ses pensées vagabondaient trop pour le laisser en paix. Lorsqu'il chancela enfin à la rencontre de Fleur, son sommeil fut houleux, désastreux. Le réveil sonna les matines, tandis que les ténèbres envahissaient encore la ville.

— Bien dormi ? demanda Fleur.

Sans répondre, Boris grogna.

— Allez, il faut se lever... plus tôt nous arriverons, plus les ventes seront bonnes ! Les professionnels achètent toujours le matin.

— Je sais ! J'en suis un et les professionnels, je m'en fous ! Ceux qui m'intéressent, ce sont mes clients !

— Allez, lève-toi et arrête de bougonner.

Il réussit à s'extirper du lit, non sans difficulté et à se préparer. Lorsqu'il fut prêt, Fleur était sur le pied de guerre depuis dix bonnes minutes. Ils arrivèrent à cinq heures sur les lieux et déjà, une bonne dizaine de stands était montée.

— Mais ils sont fous de venir si tôt ! Explique-moi à quoi ça leur sert... Bientôt, ils s'installeront la veille ! s'exclama Boris n'en revenant pas.

Ils vidèrent les camions et pendant que Fleur dressait les tréteaux et les planches, Boris se chargea de les garer. En revenant, les tables étaient montées sur trois des cinq places qu'ils avaient louées et Fleur lui proposa :

— Gardons une place pour les meubles et l'autre pour poser à même le sol des objets... en cours de journée, j'irai à mon appartement chercher une nouvelle cargaison.

Ils déballèrent un à un les objets et les fouineurs arrivèrent.

— Combien pour cette faïence ?

— Je ne sais pas, qu'est-ce que tu en penses, Boris ? demanda Fleur, alors qu'elle connaissait le prix et savait que Boris annoncerait un chiffre exorbitant.

— Cent.

— Cent ?

— Oui, c'est un peu cher, je sais... Disons cinquante et il est à vous.

L'homme détailla le grès cérame et ajouta :

— Très bien, marché conclu.

Préférant ne pas assister à la curée, Boris continuait à déployer la marchandise. D'autres fureteurs approchèrent et se mirent à déballer les cartons, sentant la bonne affaire, le désir de possession activé.

— Vous pourriez attendre un peu, leur lança Boris, exaspéré.

— Tu pourrais être plus poli, le sermonna Fleur, ce sont des acheteurs potentiels !

— Jamais je n'ai manqué de manières et je ne leur permettrai pas. Ce sont des rapaces sans foi, ni loi !

— Un peu comme toi !

— Non, pire que moi ! Ils ne respectent rien et seul l'appât du gain les intéresse !

Les fouineurs n'arrêtaient pas pour autant de fouiner et, même si les prix n'étaient pas des prix d'amateurs, ils achetèrent à tour de bras. Le soleil se levait à peine, et Boris insinua :

— Nous pourrions rentrer.

— Non, nous sommes venus ici pour nous défaire de ton bazar non pas pour gagner de l'argent et tu le sais !

Fleur partit chercher des cartons qu'ils avaient préparés dans sa cave et le laissa seul face aux hordes de marchandeurs. Boris comprit alors qu'il détestait les brocantes de ce point de vue-là. « Combien ? » ne cessait-on de lui répéter. « C'est trop cher ! » se plaignait-on. « Faites un effort... » finissait-on par le harceler, et tant que Fleur ne fut pas là, Boris resta de marbre.

Prix insécables, répétait-il, in-sé-ca-bles !

Pour une fois, Boris put détailler les acheteurs. Le regard avide passant de l'excitation jubilatoire au désintéressement le plus complet, la main hagarde, fébrile, le souffle court, tel un animal en rut, la libido activée, l'imagination débridée, la bouche souriant et formant un ovale presque parfait duquel

143

on s'attendait à entendre jaillir un cri de plaisir, la démarche langoureuse, le portefeuille dans la poche en guise d'érection et celle latente de tout acheteur en quête de possession, car l'acheteur potentiel cherche uniquement à satisfaire ses pulsions objectales, incapable de combler ses pulsions sexuelles. L'appétit dérive. Il n'est plus porté sur la nourriture, ni sur le sexe, mais sur l'inutile objet d'onanisme.

Fleur revint et ils déchargèrent ce qu'elle apportait. Malgré les prix léonins aux yeux des acheteurs, mais réels aux yeux de Boris, des professionnels dépensèrent leur argent, espérant revendre à prix encore plus exorbitants. Fleur et Boris s'attirèrent par là même les foudres des voisins envieux.

— Tu vois, ce n'est pas si difficile, murmura Fleur.

— Je ne le ferai pas souvent, tu peux me croire, conclut Boris.

— Tu te sentiras mieux ce soir...

À huit heures, la première fournée de lève-tôt venait de passer. Maintenant, plus épisodique, allait surgir la deuxième, alors que les autres étaient partis à une autre foire d'empoigne.

— Combien pour ce tableau ? demanda l'un de ces fureteurs.

— Je vous l'ai déjà dit, rétorqua Fleur, mille trois cents !

— Je le prends à mille.

— Non.

— Mais il est toujours là, vous êtes ici pour vendre et je suis ici pour acheter, nous devrions nous entendre...

— Jamais à ce prix-là !

Fleur resta intraitable au plus grand plaisir de Boris.

— Je suis quasiment sûr que personne n'a été intéressé.

— La brocante vient à peine de débuter. Revenez plus tard et nous discuterons peut-être...

Le vandale partit en marmonnant et Boris s'esclaffa dans son coin. Le temps allait commencer à paraître long et, heureusement, leur stand attira sans cesse des clients.

— Tiens, Boris, qu'est-ce que tu fais ?

Le timbre de voix glaça Stepanovitch jusque dans ses entrailles.

— Comme tu vois, je vends.

— Tu vends ?

— Ça fait longtemps !

— Tu vends, répéta Brimborion, incrédule.

— Ça va ? demanda Boris.

— C'est plutôt à toi qu'il faut demander ça...

— Bien, merci.

— Et tu vends à combien ?

— Ça dépend.

— Ce secrétaire ?

— Mille deux cents !

Brimborion siffla.

— Eh bien, bonne chance...

Sur ce, Fleur s'avança.

— Mais, nous pouvons le laisser partir à mille !

Boris fulmina.

— Vrai ?

— Puisque je vous le dis.

— Très bien, je vais appeler Machineau et Sitruc et on revient, claironna Brimborion en s'éloignant.

— Écoute, Fleur, je les connais et il est hors de question que tu baisses les prix pour eux, tu m'entends. Lorsqu'ils reviendront, tu me laisseras faire !

Fleur ne rétorqua rien, voyant qu'elle ne pourrait pas argumenter. Sur le coup des onze heures, elle partit se promener et les amis de Boris, doutant des dires de

Brimborion, n'en crurent pas leurs yeux de voir leur Stepanovitch écouler ses objets, mais ils ne lui posèrent pas de questions et tentèrent plutôt de négocier les prix.

— Allez, sois sympa ! Pour de vieux amis !

Boris resta ferme. Il était impensable qu'ils puissent se moquer de lui après au restaurant. Malgré tout, ils se payèrent des objets, le dépossédèrent avec plaisir et sans vergogne de choses qui les avaient rendus jaloux lors de leurs précédentes réunions et pour lesquelles ils avaient des amateurs en vue. Ils partirent le meuble sous le bras, et rempli d'un fouillis qui fit mal au cœur de Boris.

— Quoi, tu n'as pas tout vendu ! charria Fleur en revenant.

Boris ne répondit rien, ruminant encore.

— Tiens, dit-elle, j'en ai profité pour acheter notre repas.

Elle sortit deux sandwichs, des frites, des fruits et deux bouteilles d'eau. Il était à peine midi et ils commencèrent à manger tout en continuant à vendre. La plupart des clients le prenaient bien et leur souhaitaient un bon appétit, mais un malotru eut le culot de leur lancer :

— Vous savez que c'est scandaleux de manger devant un client !

— Alors, partez ! lâcha Fleur.

— Et impoli de parler la bouche pleine !

— Déguerpissez ! lâcha-t-elle.

Le client ne se fit pas prier ; Boris et Fleur rirent de concert. Sur le coup des treize heures, les gens s'échappèrent pour aller manger et une longue attente débuta, puis quelques flâneurs réapparurent et Fleur changea de tactique.

— Combien pour cette tabatière ?

— Ça dépend combien vous voulez y mettre...

— Je ne sais pas.

— Moi non plus, mentait-elle, avec innocence, annoncez-moi un prix...

Le client, coincé entre deux feux, redoutait d'annoncer un prix trop faible qui l'aurait discrédité, mais il ne voulait pas perdre d'argent non plus.

— Cinquante.

— Non, c'est trop peu cher.

— Soixante-dix.

— Non, même là. Vous rendez-vous compte que ça vaut au moins le double ? Disons quatre-vingts.

En général, le client acceptait, croyant réaliser une bonne affaire, pensant avoir proposé le montant, même si en réalité c'était Fleur qui l'avait soufflé. Une de ses autres tactiques consistait à afficher l'air désabusé et à attendre. Chaque fois, les gens s'arrêtaient, espérant s'offrir n'importe quoi à n'importe quel prix.

— Combien ce sextant ?

— Trop cher pour vous, concluait-elle après les avoir dévisagés.

— Allez, dites-moi un prix.

— Non, c'est trop cher pour vous.

Le client était ferré, sa curiosité avivée. D'abord, il voulait l'objet. Ensuite, il se demandait comment cette petite gourgandine pouvait estimer le contenu de son portefeuille. Enfin, sa fierté était piquée au vif.

— Laissez-moi seul juge du prix !

— Non, c'est inutile, vous dis-je, après l'avoir toisé une seconde fois de la tête aux pieds.

— Je ne suis tout de même pas un va-nu-pieds ! Dites-moi un prix !

À ce moment-là, Fleur frappait le coup de grâce en l'annonçant et le client s'était avancé si loin qu'il ne pouvait qu'acquérir l'objet en question, s'il ne voulait pas perdre la face. Rares étaient ceux qui partaient sans acheter, quand bien même le prix était conséquent. D'autres fois, elle faisait appel à Boris.

— Attendez, je vais demander à mon mari. Il s'y connaît... Boris, monsieur voudrait savoir l'histoire de l'objet.

— Attention, vous tenez des souvenirs dans vos mains ! commençait-il alors.

Il prenait l'objet, le contemplait, préparait son récit et sa voix tentait de subjuguer le client. Une fois sur deux il y parvenait, sauf lorsque Boris, fatigué, leva les yeux et se rendit compte que des femmes déambulaient, belles et fatales, sans daigner le regarder. Il les contempla, l'œil désireux d'en savoir plus et le cœur pulsant, effectuant enfin un transfert d'objet à sujet du désir, jusqu'à ce que le client le ramène à la réalité.

— Alors, l'histoire ?

— L'histoire ? Quelle histoire !

— Celle de l'objet.

— Ah, oui, l'histoire de l'objet.

Le client n'acheta rien, Boris n'étant pas à même de conter une belle anecdote, tant il était troublé par la gent féminine, autour de lui...

Pendant le creux, il alla fureter, tout en dévisageant les femmes qu'il rencontrait, comme s'il se rendait compte de leur présence, de leur existence pour la première fois, et il ramena les objets qu'il avait trouvés.

— Tu ne peux pas t'en empêcher, le réprimanda Fleur, mécontente.

— Non ! répliqua Boris, tout sourire.

Dans l'après-midi, ses clients arrivèrent et sans discuter les prix, chacun acheta ce qui convenait à sa libido. Beaucoup d'objets partirent et Boris dut souvent aller jusqu'à son camion où il avait entreposé ce qu'il savait à même de plaire à ses habitués. La plupart de ses clients guignaient ses objets depuis si longtemps qu'aucun d'eux ne loupa l'occasion de se satisfaire. Durant le moment creux, Fleur lui prouva l'absurdité des brocantes en lui montrant qu'effectivement tout se vendait, tout s'achetait et parfois dans des états lamentables. Boris en prit conscience, mais ne put s'empêcher d'ajouter :

— Il faut de tout pour faire un monde...

— Boris, regarde ça, par exemple, celui-là, il solde un bidet... tu te rends compte... un bidet... Il y en a un autre qui brade des vieilles photos de famille et on les lui achète... il y a celui qui vend aussi des objets si décrépits qu'il n'en sait même plus l'utilité... et elle, là, regarde, elle se débarrasse de ses petites culottes qu'elle a déjà portées, non mais, franchement ! Quelle abomination ! Et eux, qui veulent faire croire que tu as besoin de ce qu'ils vendent ou qui pensent que ce sera du plus bel effet dans ton salon sans l'avoir vu... non, crois-moi, Boris, c'est absurde !

— Oui, mais ne me compare pas à eux, je me suis spécialisé dans le bel objet !

Après quatre heures, la mêlée repartit de plus belle. Le stand se vida tant et si bien qu'à la fin de la journée, ils ne tenaient plus que deux places au lieu de cinq. Tout en remballant, ils continuèrent à vendre jusqu'à ce qu'il ne leur reste plus que quelques cartons à ramener et un pécule conséquent que les exposants réunis devaient à peine atteindre. Fleur demanda :

— Alors, comment te sens-tu ?

— Léger... tu avais raison...

Boris se sentait délesté, un sentiment de vacuité le happant. En fait, il se sentait nu, si nu, qu'au grand dam de Fleur, il avait besoin de s'acheter une nouvelle garde-robe. Il s'était aussi rendu compte que le monde n'était pas uniquement un monde d'objets, qu'il y avait des êtres vivants et surtout des femmes.

*

Quelques semaines après, Fleur partit à Vienne pour reproduire *l'Allégorie de la peinture* de Vermeer. Les effusions furent plus que chaleureuses et ils éprouvèrent une réelle tristesse à se quitter, même si Fleur était excitée à l'idée de visiter la ville de Freud et que cette absence laissait à Boris le temps de concrétiser son projet. Il fut question de savoir où séjournerait Stepanovitch, l'appartement de Boris étant devenu son lieu de travail depuis presque un an, exception faite des jours où la discorde régnait. Fleur fit donc un double de ses clefs qu'elle lui offrit, entouré d'un ruban rouge et en susurrant :

— Pour toi, mon cœur, et pour que tu te sentes chez toi !

Se sentir chez lui ? Comment diable pouvait-il se sentir chez lui dans cet appartement sclérosé, si ce n'était en le décorant à son goût ? Et puis, ces jours-ci, il se sentait si dépouillé qu'il lui fallait s'habiller et masquer la nudité de l'appartement par la même occasion.

La brocante lui avait donné le goût de vendre des objets et il s'attela à la tâche en liquidant ceux de Fleur emmagasinés dans son garage. Il comptait lui en faire la surprise. Les premiers jours, il disposa de son temps pour ranger et estimer. La chose accomplie, Boris sélectionna ceux qu'il désirait garder pour lui et fit de nombreux allers-retours pour les amener dans son atelier qui, pour l'instant, était un véritable bazar. Nombre de ses voisins supputèrent qu'il avait fait faillite ou qu'il déménageait et Boris, peu disposé à partager ses projets ne les détrompa point. Les objets qu'il s'était réservés, il les paya en déposant la somme correspondante au prix estimé à la banque de Fleur.

Cette phase terminée, il appela ses clients habituels pour vendre le reste. Il ne rencontra pas de difficultés majeures à les convaincre de se déplacer, connaissant leur soif avide d'assouvir leur maladive curiosité. Le défilé de personnes, toutes plus ou moins hautes en couleur, fit jaser les voisines de Fleur, commères invétérées. Certains, trop curieux pour être honnêtes, vinrent assister aux tractations en sous-sol. Quelques-uns sous-entendirent qu'il fallait appeler la police, mais aucun ne s'y résigna et Boris continua son business sans être dérangé le moins de monde. Après cette première salve d'acheteurs, il se mit en contact avec plusieurs brocanteurs ; ses collectionneurs n'ayant acheté que ce pour quoi ils étaient venus. Il prépara une vente aux enchères illicite, cédant le tout au meilleur prix. Ce fut folklorique. Les brocanteurs, appâtés par le gain et si cupides, s'entre-déchirèrent pour s'arracher la marchandise. Ils blasphémaient, vociféraient, pestaient, mais les autorités ne vinrent pas troubler le tapage que menait tambour battant la petite troupe. L'heureux acquéreur commença le jour même à vider les lieux. Deux jours plus tard, il fila à l'anglaise, laissant ce qui ne l'intéressait pas sur les bras de Boris, qui s'attendait à ce genre d'escroquerie et qui se chargea lui-même de bazarder le reste en le cédant dans un magasin d'occasions à bas prix. Certes, il aurait pu le mettre en dépôt-vente, mais, pour une fois, il voulut liquider habilement cet amas confus et hétéroclite, désireux de ne plus en entendre parler.

Enfin, léger, presque aérien, Boris rentra chez lui, c'est-à-dire chez Fleur, nettoya le garage déblayé et, avec une partie des gains, le fit remettre à neuf, prit comme à son habitude ses dix pour cent de commission — toute peine mérite ristourne, répétait-il souvent — versa le reste sur le compte de Fleur tout en gardant une somme assez conséquente pour ses emplettes.

Ainsi et enfin libéré de cette mission, Boris retrouva son rythme de vieux garçon, se réveillant tôt pour aller aux puces, mangeant sur le pouce ou parfois dans un restaurant et avec ses amis. Il éprouva un certain plaisir au début qui se transforma rapidement en gêne, tant ils les trouvaient superficiels et artificiels, peu intéressants et capables de parler d'autre chose que d'eux-mêmes. L'après-midi, il installait méthodiquement ses acquisitions chez Fleur. Tous les jours, il contemplait satisfait le résultat. Il meubla même un peu les pièces, changeant l'ancienne disposition selon son gré. Néanmoins, il lui restait du temps à tuer en fin d'après-midi et, au lieu de rentrer chez lui pour mettre un peu d'ordre, il partait flâner dans le quartier ou s'allonger au soleil sur la terrasse avec un bon livre et la petite Odessa qui gambadait après le moindre moucheron ou s'installait en ronronnant sur le ventre de son maître. Seul l'appel de Fleur, le soir, à la même heure, le sortait de sa routine.

Les jours filèrent et Boris alla à l'aéroport, le cœur battant, l'estomac noué, c'était la première fois qu'ils se séparaient aussi longtemps, presque un mois et demi. Ils se jetèrent dans les bras l'un de l'autre, ne cessant de s'embrasser sur le trajet du retour. En arrivant chez Fleur, au lieu de se garer comme d'habitude à l'extérieur, Boris pénétra dans le sous-sol.

— Que fais-tu ? s'étonna Fleur.

— Tu vas voir ! argua Boris.

Elle découvrit, épatée, la métamorphose qui s'était opérée pendant son absence.

— Oh, je suis si heureuse, s'exclama-t-elle en étreignant son bien-aimé.

— Ce n'est pas tout... répliqua Boris en lui montrant son relevé de compte en banque.

— Oh, Boris...

Elle l'embrassa à nouveau et contempla son garage pendant que Boris y garait le camion. Après avoir claqué la porte, il s'enquit :

— Au fait, je n'ai pas trouvé les objets que je t'avais offerts.

— Je les ai vendus, répondit Fleur avec innocence et inconscience.

— Vendus ? À qui ? demanda Boris, avec naïveté.

— Est-ce vraiment important ?

— Pour moi, oui !

— À un de tes amis.

— Lequel ?

— Sitruc, je crois...

— Combien ? somma Boris, refroidi, glacé par ces révélations.

— Pas grand-chose.

— Dis plutôt une misère ! Il doit bien en rire, tiens !

— Oh, Boris, ne gâche pas ce moment...

— Ce n'est pas moi qui l'ai gâché !

— Je n'allais pas garder toutes ces ignominieuses choses !

— Il ne fallait pas les accepter, alors ! Un cadeau, c'est un cadeau !

— Je ne voulais pas te faire de mal...

— C'est trop tard.

Boris ferma la porte du garage en bougonnant et ils montèrent tous les deux dans l'appartement. Dans l'ascenseur, l'atmosphère fut sibérienne. D'aucun ne s'était préparé à ce genre de retrouvailles. Lorsqu'ils pénétrèrent dans l'entrée, Fleur resta consternée et Boris attendit une autre réaction.

— Qu'en penses-tu ?

Fleur ne broncha pas.

— Fleur ?

— Qu'est-ce que c'est que ça ?

— C'est censé être un cadeau !

— Un cadeau ? Mais, tu n'as rien compris, Boris...

— Compris quoi ?

— Je ne veux pas de ce genre de cadeau ! Je hais toutes ces horreurs que tu as installées dans mon appartement. Plus rien ne ressemble à rien, maintenant ! On dirait un musée baroque... il n'y a pas de quoi être contente !

— Mais Fleur, tu m'as dit de faire comme chez moi...

— C'était une erreur ! Regarde mon appartement, maintenant...

— Je voulais te faire plaisir...

— Je sais bien Boris et je ne t'en veux pas pour ça... je t'en veux pour ta passion des objets... regarde-nous, voilà que tu recommences à me négliger pour courir tes putains de brocantes à la recherche de ton bonheur ! Me voilà redevenue une femme-objet... et ton bonheur, Boris, crois-moi, jamais tu ne le trouveras dans un objet ! Dès que notre relation est devenue une habitude, tu as retrouvé les tiennes, passant de plus en plus de temps avec tes damnés objets, et si c'était tout... oui, si c'était tout, ça irait... passer du temps avec des objets, ce n'est pas grand-chose et on pourrait croire que ça ne fait de mal à personne... mais, crois-moi, Boris, ça fait mal... ça tue de se sentir négligée... et plus tu vivais à travers eux, plus j'étais obligée de vivre à travers toi... et je n'aime pas ça... j'ai l'impression de perdre ma liberté ! Être préférée à un meuble, c'est comme si tu me possédais, mais tu ne me possèdes pas, Boris... Dès le début, tu as essayé de m'imposer tout ton bazar, sans aucun égard ! Heureusement, je m'en suis débarrassée, sans quoi mon appartement serait infesté par tes reliques et mon existence serait devenue ce que tu veux qu'elle soit, Boris ! Heureusement que j'étais là pour te sortir de tes rebuts, sinon qu'aurais-tu fait de ta vie si ce n'est la terminer en serrant une horloge... et au moment de mourir, le jacquemart aurait sonné le glas comme pour te sourire, mais tu n'aurais rien vécu, Boris ! Non, tout ça, c'est trop, je ne pourrais pas le supporter toute ma vie... Je ne peux pas lutter contre des objets, Boris... je pensais pouvoir lutter contre tes manies, mais j'ai échoué... regarde-nous, on dirait un vieux couple entouré de souvenirs, d'objets renfermant notre bonheur passé, alors qu'il en reste encore tant... non... regarde cette tenture, c'est rococo... c'est laid... je me faisais une joie de rentrer, Boris, et de faire ma vie avec toi, mais ça ! Ça ! C'est la goutte d'eau qui fait déborder le vase... je t'aime, Boris, mais pas à ce prix-là... je sais que ces mots doivent te fustiger... mais, est-ce que tu te souviens de la dernière fois que tu me l'as dit, Boris... non, même pas... pour la simple et bonne raison que tu ne l'as dit qu'un seul jour... Boris, je sais bien que tu m'apprécies, mais je ne te crois pas capable d'aimer... ou seulement à travers des objets... ou en m'aimant comme si j'étais un objet, mais je ne serai jamais un objet de plus dans ta collection, Boris... jamais ! Tu sais, cette obsession te perdra... tu es trop obnubilé par tous ces objets sans valeur... je me demande bien d'ailleurs ce que tu leur trouves... quelque chose certainement, mais quoi ? Dis-moi-le, Boris...

Stepanovitch resta coi, ne sachant que répondre.

— Tu vois, même toi, tu ne sais pas... Boris, regarde-moi dans les yeux... je ne veux pas vivre comme ça, passer en second ou être une femme-objet... j'espérais que tu l'avais compris, mais maintenant, je sais que tu ne le comprendras jamais... j'ai juste besoin d'amour et d'eau fraîche, Boris, c'est tout... pas plus... le reste n'est pas important... non, vraiment pas important... ce qui l'est, c'est ce que l'on ressent, ce que l'on porte et emporte avec soi, ce qui est immatériel et pourtant bien sensible... juste de l'amour et de l'eau fraîche, Boris... répéta-t-elle, désappointée.

Un silence s'établit, un silence désarmant que Boris ne saurait cette fois-ci briser.

— Je suis navrée, Boris, mais tu ne m'aimes pas... tu ne m'as jamais aimée... tu t'es simplement aimé à travers moi, comme tu le fais à travers tes objets et tu es en train de retourner à tes objets... tes précieux objets... quelle femme, Boris, pourrait supporter ça ?

Fleur tenta de l'embrasser pour le réconforter, mais Boris se dégagea, la regarda et demanda :

— Si j'ai bien compris, c'est fini ?

— Je ne voulais pas te faire de mal...

— Sois capable de l'exprimer au lieu de faire des détours !

— C'est fini.

— Tout ça, à cause de ces objets...

— Pas seulement... et tu le sais... je ne voulais pas te faire de mal...

Boris franchit le seuil de la porte qui était restée ouverte.

— Boris ?

— Je ne voulais pas te faire de mal non plus, et c'est sans doute trop tard, mais je tiens à te le dire, Fleur, je t'aime.

Le désespoir a ses degrés...
de l'accablement on monte à l'abattement,
de l'abattement à l'affliction,
de l'affliction à la mélancolie.

Hugo

« Qui, de nos jours, pourrait vivre d'amour et d'eau fraîche... oui, qui ? » ruminait Boris en rentrant chez lui, plongé dans le désespoir. Voilà peut-être ce qu'il aurait dû demander à Fleur, mais, comme toujours, les solutions survenaient trop tard !

Boris sombrait dans le désespoir. Rien ne l'avait préparé à une rupture et il supportait le choc, tenté d'en vouloir à Fleur, mais sa frustration se retourna contre lui, l'unique fautif. Il déambula dans les rues ; toutefois, la grisaille de la ville et la fin de journée approchant le déprimèrent encore plus. Qu'avait-il fait pour mériter ce traitement ? Essayer de lui faire plaisir... non, peut-être avait-il tout simplement voulu se faire plaisir ! Les pensées l'assaillaient, l'affligeant. Un vide intérieur se créait en lui, un vide, qui, pour l'instant, semblait insondable et que rien, non, rien au monde ne comblerait. Boris tenta de se trouver des occupations, sans succès. Il passa bien devant des vitrines d'antiquaire, en vain. Une douleur trop grande, une déchirure trop vive, le faisaient souffrir. Il aurait eu envie de mourir, s'il y avait pensé, heureusement il était obnubilé par ce que lui avait déclaré Fleur, sa fleur, l'amour de son cœur : « mais crois-moi, Boris, ça fait mal... ça tue de se sentir négligée... » Il comprenait ce qu'elle avait voulu dire, éprouvant maintenant la même émotion. Il se demanda si son obsession ne l'avait pas poussé à la traiter comme une femme-objet ! Il lui semblait que non... Fleur n'aurait-elle pas dû se montrer plus compréhensive, plus indulgente ? Lui qui n'avait jamais vécu qu'avec des objets, ne connaissait rien aux sentiments d'un couple ni aux relations humaines. Peut-être l'avait-elle été depuis le début et attendait qu'il fasse enfin preuve d'amour ? Pourtant, il l'aimait. Il le sentait enfin. Comment aurait-il pu être aussi malheureux autrement ? Jamais auparavant il n'avait ressenti ce sentiment si intensément, même la perte ou le fracas d'un objet ne l'auraient pas autant touché ! Ce qui prouvait bien qu'il y avait une différence, dont il n'avait jamais eu conscience.

Ses pas l'amenèrent désespérément chez lui, dans ce lieu où il serait seul. Boris souffrait, pourtant une illusion revenait sans cesse. Fleur l'aimait. Elle le lui avait affirmé. Il n'avait qu'à changer pour la conquérir une seconde fois, pour la séduire et pour qu'à nouveau, ils forment un couple. Boris croyait qu'il ne s'était pas assez engagé et qu'il devait y remédier. Il arriva chez lui, entra dans sa maison désaffectée. La lumière lui parut blafarde ; sa pièce dénudée augmenta le sentiment d'inanité qui l'accabla. Les cartons non défaits de la brocante lui inspirèrent un certain dégoût. Il passa dans l'appartement, espérant distraire son humeur, mais rien n'y fit. La vacuité de l'espace rappelait sans cesse le passage de Fleur. Sans réel appétit, Boris ouvrit le réfrigérateur machinalement et pour tuer le temps ; ce temps qui lorsqu'on est seul devient notre pire ennemi, lent et ennuyeux, implacable et accusateur. Tout en préparant son dîner, Boris essaya d'oublier sa tristesse, vainement. Il chercha alors un moyen pour revoir Fleur, pour lui parler, s'expliquer... La nourriture lui parut insipide et le repas morne. Rien ne venait égayer ses pensées. Seule la souffrance le possédait, chair et âme, le bousculant à son corps défendant. Boris resta ainsi, transpercé de douleurs. Les souvenirs inespérés de sa relation avec Fleur et l'espoir fou que ce ne pouvait être fini, pas réellement fini le bercèrent... que les mots peuvent s'effacer, s'oublier... qu'ils ne sont que des sons et non pas des certitudes... qu'ils ne traduisent qu'un instant sans définir un destin...

Que les programmes de télévision fussent bons, choses rares, ou qu'une chaîne ait décidé de diffuser un Walt Disney, événement encore plus rare, Boris l'aurait regardé sans saisir les images cathodiques. Au lieu de cela, il alluma son gramophone et y glissa un vinyle. Des chants russes et violoneux jaillirent des enceintes et s'élevèrent dans l'air et dans l'âme de Stepanovitch. Une nostalgie trop grande pour son cœur l'envahit et des larmes coulèrent sur ses joues, inondant ses yeux. Il resta ainsi durant la première face, pleurant à chaudes et froides larmes.

Finalement, il sombra, longtemps après que le diamant eut cessé de faire chanter les sillons dantesques de sa mémoire.

Un rêve affreux l'assaillit. Une fleur s'élevait vers le soleil et se fanait aussitôt, se recroquevillant sur elle-même, cramoisie, noircissant avant de se putréfier et d'être remplacée par une autre fleur, qui elle aussi perdait ses pétales, se dégradait à une allure phénoménale. Se succédèrent d'innombrables fleurs... jacinthes, asphodèles, nymphéas, muguets... c'était non pas une explosion florale, mais un florilège de décomposition.

Le soleil chaleureux tira Boris de son lit et il allait prendre sa douche lorsque la sonnerie de la porte retentit. Deux hommes en bleu de travail attendaient derrière la vitre.

— Boris Stepanovitch ?

– En personne.

— Veuillez signer là.

— C'est quoi ? demanda Boris en paraphant la feuille qu'on lui tendait.

— Des colis !

Intrigué, Boris vit arriver à son plus grand désarroi les objets qu'il avait installés chez Fleur.

— Où pouvons-nous mettre ça ?

— N'importe où dans la pièce... soupira-t-il.

Il regarda le manège des deux déménageurs un quart d'heure, la mort dans l'âme. La rupture était consommée, peut-être définitive. L'un des deux costauds lui apporta un carton.

— La dame nous a priés de vous remettre ça en mains propres.

Boris ouvrit la boîte et aperçut presque toutes les babioles qu'elle avait vendues. Des larmes faillirent s'échapper de ses yeux, mais l'homme revint à la charge.

— Il y a aussi ça.

C'était Odessa dans une cage et une lettre que Boris décacheta après avoir libéré la petite siamoise.

*Boris, je sais que tu en as envie, mais n'essaie pas de me revoir. Cela nous ferait trop de mal.*

*Contente-toi d'être heureux et de penser à moi de temps à autre.*

*Fleur.*

*P.-S. Pour tes objets, j'ai retrouvé ce que j'ai pu...*

Après avoir lu ce mot lapidaire, Boris sortit, malheureux, dans les rues grises et mornes, qu'un froid vendémiaire parcourait.

*

— Parlez, mon fils.

Stepanovitch avait pleuré puis il avait décidé de réagir, de trouver une solution pour soulager sa douleur, venir à bout de son tourment et reconquérir celle qu'il aimait. Désespéré, il s'était rendu à l'église pour se confesser à ce fameux prêtre dont il avait si souvent entendu parler, qui avait pour habitude de faire courir les gens pour les absoudre de leurs péchés et qui, paraît-il, réglait les autres difficultés assez vertement. En pénétrant dans l'église, il avisa un curé, bedonnant et jovial, âgé mais encore vivace, et il se glissa dans le confessionnal.

— Mon fils ?

Boris revint à lui.

— Pardonnez-moi, mon père, mes péchés.

— Racontez-moi.

— J'ai perdu la femme que j'aime.

— Jusqu'à présent, ce n'est pas un péché, que diable !

— Elle est partie à cause de moi.

— Qu'avez-vous fait ? Parlez en toute confiance.

— Elle est partie à cause de ma passion.

— Pour une autre femme ?

— Non, pour les objets... J'adore les objets... je suis antiquaire et je n'ai pas pu m'empêcher de collectionner des objets, de lui en offrir...

— Et c'est tout ?

— À dire vrai, je l'ai négligée au profit de tous ces objets, mon père, mais je n'arrive pas à faire autrement... c'est plus fort que moi... elle me reproche d'aimer plus une horloge qu'une personne... je ne sais plus quoi faire... aidez-moi... je l'aime tant.

— Videz votre sac, et qu'ça saute, vous vous sentirez mieux après et nous verrons ce que je peux faire pour vous.

— En fait, j'ai péché par concupiscence et gourmandise... peut-être même par luxure et envie...

— N'allez pas trop vite, mon fils, continuez votre récit.

— La semaine dernière, nous nous sommes disputés et elle m'a dit que c'était fini parce que je la négligeais trop... elle ne cessait aussi de répéter que l'unique but dans la vie n'était pas de posséder, mais de vivre.

— Elle n'a pas tort.

— Elle maintient que je ne suis pas capable d'aimer autre chose qu'un meuble, que je suis obsédé, qu'elle ne veut pas d'une union comme celle-là.

— Que comptez-vous entreprendre, mon fils, pour reconquérir son cœur ? Êtes-vous prêt à sacrifier tous ces objets pour elle ?

Boris hésita une seconde et répondit par l'affirmative.

— Vous avez tergiversé.

— C'est difficile pour moi, vous savez, de m'en séparer... j'ai vécu là-dedans depuis mon enfance... mon père était aussi antiquaire, et, qui plus est, il collectionnait tant et si bien qu'il m'en a donné le goût...

— Le problème est bien délicat.

— J'aime Fleur, plus que mes objets, mais vivre sans eux me donnerait l'impression de vivre sans une part de moi...

— Êtes-vous prêt à porter le deuil de cette part de vous ?

— Je ne sais pas.

— Préféreriez-vous faire le deuil de cette part de vous qui aime cette femme ?

— Je ne sais pas.

— Il faudra faire un choix, mon fils.

— Aidez-moi mon père et, au besoin, punissez-moi si ça peut m'aider...

Le père Lapoudrière réfléchit longuement, laissant Boris à ses pensées. Infliger vingt tours de pâtés d'église à ce pécheur, comme il le faisait d'habitude, ne servirait à rien et le prêtre se décida pour une parabole.

— Mon fils, je vais vous raconter une histoire symbolique et ce sera à vous de tirer les conclusions qui s'imposent à votre esprit. Vous ferez le chemin qui vous sépare de la solution... voilà, lorsque les missionnaires sont partis pour le

Nouveau Monde, quel effroi ils ont ressenti face à ces peuplades qu'ils trouvaient primitives et idolâtres, qui adoraient d'affreux démons et d'informes esprits maléfiques... La seule solution que les missionnaires trouvèrent fut de détruire toutes les représentations des monstrueuses divinités auxquelles ces peuplades vouaient un culte sans borne... en brisant ces images, ils espéraient réduire à néant leur croyance, leur adoration et pouvoir ainsi leur inculquer le Christianisme... il leur semblait normal de les empêcher d'adorer l'image de leurs divinités et par extension les divinités elles-mêmes pour porter allégeance au Dieu chrétien et absolu... Les missionnaires pensaient que sans images il est impossible de porter foi... mais ces peuplades, plus malignes qu'ils ne pensaient, recréèrent leur cosmogonie et comblèrent leurs croyances en puisant dans le Nouveau Testament, ce qui leur conviendrait le mieux... Certes, ils reconnurent Dieu, enfin surtout la Sainte Trinité, mais ils firent bien plus encore, ils déifièrent les saints catholiques, le monothéisme leur étant inconcevable... ils ont ainsi retrouvé dans les Saintes Écritures leurs multitudes de divinités, et à partir de ce moment-là, il n'y eut presque plus de problèmes religieux... chacun étant parvenu à un terrain d'entente et de satisfaction...

— Et ?

— C'est tout... La seule morale que moi, je peux en tirer, c'est que les voies du seigneur sont impénétrables... je vous absous et vous renvoie à vos réflexions... là seulement, vous découvrirez une issue à votre dilemme...

Boris sortit désabusé, un peu déçu. Il pensait que le prêtre l'aurait orienté dans la bonne direction, mais il y a toujours un chemin à parcourir, un chemin personnel, de soi à soi, avant d'atteindre la lumière, la clairvoyance.

Boris avait bien compris que cette histoire était une parabole, qu'elle n'était que symbolique, qu'il devait saisir la métaphore. Les Indiens avaient gardé la même foi en changeant simplement d'objet, de représentation de leur foi. Devait-il simplement déplacer sa passion des objets sur Fleur, reporter son amour ? Cela réglerait-il le dilemme ? C'était plus facile à dire qu'à faire. Combien de générations et de tueries avait-il fallu aux Indiens pour s'accommoder des Saintes Écritures ? Il n'avait pas beaucoup de temps ; loin des yeux, loin du cœur, comme dit le proverbe. L'histoire véhiculait aussi une autre facette, détournée et entre les lignes, bien présente et moins agréable. Le changement s'était opéré par la force des choses, et si Boris ne voulait pas de ce changement, s'il ne le désirait pas réellement de tout son être, il ne serait jamais possible. Sa passion des objets resurgirait toujours à un moment ou à un autre. Devait-il alors vouer sa vie à aimer Fleur ? Lui sacrifier une part intime de son être ? Boris avait toujours haï les paraboles, parce qu'elles avaient un sens caché et profond, double et contradictoire. Mais vivre en aimant quelqu'un, n'est-ce pas toujours sacrifier une part de soi ?

*

— Allongez-vous.
— Pardon ?
— Oui, allongez-vous sur le canapé.
— Excusez-moi, je rêvais.
— Ce n'est rien, monsieur ?

Boris avait tourné et retourné dans sa tête l'allégorie du prêtre sans en tirer parti. Au bout d'une semaine de réflexions et de frustrations, il s'était décidé à consulter un psychanalyste, un psy au drôle de nom d'ailleurs, un noble certainement.

166

Jean Roger de Lachose, diplômé d'une université quelconque et ancien interne à l'Hôpital St-Jean-de-Dieu, annonçait la plaque de bronze en bas, près de l'entrée de l'immeuble.

— Monsieur ?

— Pardon, Stepanovitch, Boris Stepanovitch.

— Mettez-vous à votre aise, monsieur Stepanovitch.

— Appelez-moi Boris.

— Nous nous en tiendrons à des relations distantes pour que la psychanalyse produise son effet, monsieur Stepanovitch... voilà, maintenant, détendez-vous... désirez-vous un verre d'eau ? Avez-vous chaud ? Froid ? Tout va bien ! Parfait, alors commençons... dites-moi d'abord, ce qui vous amène chez moi.

— Eh bien, je collectionne tout et même plus, prétendait Fleur.

— Qui est Fleur ?

— Mon amie.

— Parlez-moi d'elle.

Boris raconta l'histoire, sa vie d'avant Fleur, leur rencontre, leur idylle, leur rupture et répéta ce qu'il avait révélé au prêtre dans les moindres détails. De temps à autre, le psy lui posait des questions.

— Aimez-vous l'argent ou en posséder ?

— Non.

Et Boris continuait son récit jusqu'à la nouvelle interruption.

— Pourquoi aimez-vous les objets ?

— Ça vient de mon père, je crois...

— Plus précisément.

— Dès mon enfance, il a commencé à m'initier.

— Vous souvenez-vous d'un moment précis ?

— Il y en a eu plusieurs.

— Un qui vous aurait marqué plus que d'autres ?

— Le jour de la mort de ma mère...

— Je vous écoute.

— Je devais avoir dix ans... mon père m'avait déjà affranchi, mais ma mère venait de mourir... il était dans son bureau, en train de jouer avec ses petits soldats en plomb...

— Des petits soldats ?

— Sa grande passion était de reconstituer les batailles historiques... nous venions de mettre la dépouille de ma mère en terre et il jouait avec ses soldats tout en pleurant...

— Qu'avez-vous ressenti à propos de votre mère ?

— J'étais triste... j'ai pleuré toute la nuit... mais mon père m'a rapidement pris avec lui dans ses expéditions d'achat-vente... nous allions partout ensemble, pour acheter, vendre et expertiser...

— Étiez-vous heureux ?

— Non, mais j'y ai très vite pris goût et ce furent des moments de bonheur...

— La tristesse que vous éprouviez à l'égard de la perte de votre mère s'est dissipée dans ces expéditions d'achat-vente.

Les questions du psychanalyste étaient posées de manière à amener Boris à prendre conscience de sa vérité, de son malaise. Il devait se rendre compte que pour échapper à la souffrance qu'occasionne la perte d'un être cher, il s'était réfugié dans ce qui lui procurait du plaisir : suivre les pas de son père, et depuis, il reproduisait le même schéma de vie pour ne pas souffrir. Enfin, c'est ce que pensait Jean-Roger de Lachose.

Certes, la mort de la mère de Boris n'avait pas arrangé les choses, mais il avait déjà le goût de l'objet bien avant ce tragique épisode. Les grands-parents déchus de leur rang en Russie et réfugiés au Québec, n'avaient plus aucun titre, mais conservaient une fortune de famille qui leur permit de s'installer dans le doux confort des libertés matérielles et ce principe s'était transmis de père en fils, s'amplifiant à chaque génération, jusqu'à Boris. Les titres, leur noblesse, leur culture, leur savoir n'avaient pas permis aux Stepanovitch de survivre. Seuls les objets qu'ils avaient amenés avec eux de Russie les avaient fait vivre et surtout leurs diamants ; ils s'en étaient satisfaits. Le vingt-et-unième siècle n'était-il pas d'ailleurs celui de l'objet, du confort et de la jouissance marxiste ?

— Bon, très bien, vous allez réfléchir pendant une semaine et vous reviendrez à la même heure, mardi prochain.

— C'est déjà fini ?

— Oui, c'est assez pour une première fois, mais, je vous en prie, réfléchissez à notre discussion et aux questions que je vous ai posées et surtout à vos réponses.

Boris médita une semaine la teneur de la séance et crut comprendre ce que le psychanalyste voulait qu'il comprenne.

— Comment la semaine s'est-elle déroulée ?

— Je crois que je discerne mieux mon problème.

— Dites-m'en plus.

— Ma manie vient peut-être de mon enfance...

— Pensez-vous que cette disposition à aimer les objets puisse avoir un rapport avec ce qui s'est passé après la mort de votre mère ?

— Oui.

— Très bien, alors, racontez-moi à nouveau ce qui s'est produit avec votre amie, monsieur Stepanovitch.

Boris récapitula et termina sur les mots sentencieux de Fleur.

— Elle soutient que l'unique but dans la vie n'est pas de posséder, mais de vivre.

— Croyez-vous qu'elle ait raison ?

— Oui... mais...

— Mais quoi ?

— Je crois aussi qu'il est possible de vivre en possédant ou pour mieux m'exprimer de vivre et de posséder.

— Vous n'avez pas tort, mais j'ai une question à vous poser, monsieur Stepanovitch, pour clarifier la situation... avez-vous été marié ?

— Non.

— Pour vous, qu'est-ce que l'amour ?

Boris dut réfléchir deux longues minutes.

— C'est posséder quelqu'un de la même manière qu'il vous possède... n'est-ce pas être de manière exclusive fait l'un pour l'autre... être possédé par l'amour de l'autre et par son amour pour lui au point de vouloir vivre avec lui ?

— Ne pensez-vous pas que vous me décrivez plutôt votre vision de la possession de l'objet ? L'amour n'est-il pas plutôt un sentiment fort à tendance passionnelle et sexuelle qui est partagé par deux êtres vivants...

Boris ne sortait pas de son silence et le psychanalyste lui avoua :

— Je suis marié et je collectionne les pièces de monnaie sans pour autant cesser d'aimer ma femme ni abandonner les joies de la possession.

Boris le regarda éberlué parce qu'il n'avait point trouvé trace de sa manie numismatique dans son cabinet. Ce que le psy Jean Roger de Lachose, diplômé d'une quelconque université et ancien interne à l'Hôpital St-Jean-de-Dieu avait oublié de dire, c'est qu'il collectionnait aussi les maîtresses et que presque aucune de ses clientes n'avait échappé à sa manie.

— Ne pensez-vous pas que les deux soient compatibles ? L'amour et la possession d'objets, bien sûr…

— Si, mais Fleur n'y croit pas.

— Ne l'avez-vous pas considérée comme un objet plutôt que comme un être humain ? Éprouvez de l'amour pour elle et alors vous pourrez continuer à posséder des objets.

— Sans qu'elle se fâche ?

— Si vous lui témoignez assez d'amour, pourquoi se fâcherait-elle ?

— Alors ? demanda Boris.

— Vous êtes tout à fait normal, monsieur Stepanovitch. Un peu obsédé, certes, mais qui ne l'est pas de nos jours ?

— Que dois-je faire ?

— Vous devez réfléchir à ce qui est le plus important à vos yeux, et ce, tous les jours... l'amour est une activité journalière et croyez-moi, je sais de quoi je parle.

— Et mes objets ?

— Vos objets, vous leur consacrerez le temps qu'il vous reste, c'est-à-dire pas beaucoup, et tout le monde s'en portera mieux... vous avez compris où prenait racine votre obsession et c'est la partie la plus fondamentale du chemin... maintenant, vous n'avez qu'à vivre avec et non plus vivre pour... votre passion objectale doit devenir secondaire à vos yeux... Voilà, monsieur Stepanovitch, vous n'avez plus besoin de mes services. Portez-vous bien et revenez me voir s'il y a un autre problème.

— Ma psychanalyse est terminée ?

— Parfaitement

— En deux séances.

— Ça suffit amplement et je ne suis pas un charlatan ! Vous n'êtes pas psychotique... tout au plus obsédé et la plupart des gens le sont... il est vrai que votre obsession a tendance à se névroser... mais vous êtes sain d'esprit et bien dans votre peau, vous allez guérir à peine le seuil de ma porte franchi.

— Vous me rassurez.

— Je suis là pour ça ! Allez, bonne journée et mes hommages à Fleur.

Boris sortit dans la rue, triomphant. Il était normal, absolument normal, peut-être un peu obsédé par les objets, mais tout allait changer maintenant... oui, tout ! Il savait la cause et les effets de son obsession à tendance névrotique et il n'avait plus qu'à les combattre... Ah, Fleur ! Il l'aimait et son avenir lui sembla radieux... le soleil l'illuminait de sa douce et suave chaleur bienfaisante... qui, de nos jours, n'avait pas de petites manies ? Comme l'avait formulé le psychologue : « Nous sommes tous des névrosés qui ne s'ignorent pas... » Il allait dédier sa passion et ses pulsions à Fleur, sujet de son cœur et de son amour... celle qui le faisait vibrer et presque oublier les objets... Ah, oublier les objets, cela semblait maintenant facile... le reste suivrait... le reste suit toujours... il allait lui déclarer sa flamme, lui vouer un culte idolâtre... Elle, unique représentation de son amour ! Boris prit le chemin de chez Fleur en tâtant le trousseau de clefs qu'il n'avait pas encore renvoyé. Il allait lui faire une surprise. Oui, il l'aimait et n'éparpillerait plus son amour aux quatre vents, dans de multiples objets, ne disséminerait plus son désir mais l'inséminerait... Ah, Fleur ! Elle lui manquait tellement... ses objets lui manquaient aussi, mais il s'en occuperait lorsqu'elle ne serait pas là. Il pourrait alors s'y adonner comme à un vice coupable, ce qui intensifierait son plaisir objectal, et le rendra à Fleur, encore plus heureux, plus amoureux d'elle... il n'y a pas de vice que l'on ne puisse transformer en vertu, n'est-ce pas ? Des explosions d'idées fleurissaient dans l'esprit de Boris jusqu'à ce qu'une seule détrône les autres... il allait la demander en mariage pour lui prouver son amour... et s'il fallait vendre des objets, il les vendrait. Ne pourrait-il pas en racheter par la suite ? Oui, la demander en mariage... lui offrir une bague... la

172

surprendre... lui montrer le changement... Boris retourna sur ses pas. Il venait enfin de trouver une utilité au diamant que son père lui avait donné... Sa pureté prouverait sa bonne foi, sa splendeur son amour... il allait l'apporter chez un lapidaire qu'il connaissait pour le brillanter, le cliver, le facetter et il ferait fabriquer un anneau avec un chaton allongé avant d'y enchâsser le brillant... il voyait déjà la forme du solitaire ou peut-être serait-ce une marquise, le diamant principal entouré de petits brillants...

Boris était heureux et normal, même si l'impatience de voir Fleur le tenaillait, il se contint pour lui ménager une surprise plus grande... Ah, Fleur !

Il croyait au mariage. C'était sa dernière illusion.

Maurois

Clic !

Boris avait pénétré chez Fleur, tenant dans ses mains le petit coffret avec sa demande de fiançailles en tête. Il ne reconnut pas les sons qu'il entendit tout de suite et voulut en avoir le cœur net. Peut-être avait-elle acheté une télévision ? Boris se déplaça subrepticement dans l'appartement, mais quelle surprise fut la sienne en passant la porte sans bruit. Une bête à deux dos lui apparut. Les amants s'enlaçaient et jouissaient. Les mouvements saccadés et lascifs jurèrent avec l'immobilité et l'incrédulité de Boris. Son cœur se glaça, se frigorifia et se fendit. Il resta hagard jusqu'à ce qu'un « ah » de plaisir le sorte de sa torpeur. Il aurait pu se montrer, faire un scandale, frapper l'homme, mais une douleur et une tristesse trop profonde empoignèrent son être, et puis, à quoi cela servirait-il maintenant ?

À peine un mois après leur rupture, Fleur le trompait déjà avec le premier venu. Il rebroussa chemin, posa la clef en évidence sur la table, le coffret vide du diamant à côté, alors que la bague prit place dans sa poche et il s'en fut en claquant la porte. Il se fichait éperdument de la réaction de Fleur. Au moment même où la porte se fermait, une autre se verrouillait dans le cœur de Boris, cadenassée... une que même Fleur n'aurait pu rouvrir.

Il se retrouva dans la rue, dépossédé de tout. Le monde lui sembla hostile et il préféra se perdre dans son désarroi. Pourquoi avait-elle agi ainsi ? Leur relation n'avait-elle été qu'une passade charnelle ? Boris se refusait à le croire.

— C'était une fille légère ! lui murmura sa raison.

Boris, qui d'habitude aurait contredit sa petite voix intérieure, acquiesça en silence. Tout de même... leur amour n'avait-il été qu'une fiction ? Il ne savait plus que penser. La consternation l'inondait, l'attristait, le harcelait. « D'amour et d'eau fraîche, mon œil ! » se dit Boris, et sa conscience morale amplifia :

— La chair est faible, hélas, ne l'oublie jamais... non jamais... loin du sexe, loin du cœur quoi qu'on en dise...

Boris ne voulait y croire, mais sa confusion augmenta. Comment avait-elle pu ? Il était écœuré, refroidi pour ne pas dire glacé par l'amour. Il avait froid, se sentait seul... seul au monde... triste... comme s'il portait la tristesse du monde... un fardeau inutile... son âme semblait se froisser, se ratatiner, son cœur une masse de plomb qu'il porterait jusqu'à la fin de ses jours. Pleurer l'aurait soulagé, mais la douleur, si intense, l'en empêcha. Comment pouvait-elle être infidèle si rapidement, comme si rien n'avait compté ? Boris ne sut répondre à ses interrogations qu'en amplifiant son mal. Son esprit se brouillait de pleurs, alors que son visage impassible ne reflétait qu'une seule et terrifiante impression ; la souffrance.

Ses blessures guériraient-elles un jour ? La plaie pour l'instant béante paraissait trop grande pour cicatriser. Malgré toute cette désolation, Boris n'émit aucune plainte sonore, mais le silence n'est-il pas la plainte la plus déchirante ? Des névralgies attaquèrent ses tempes, accentuant son affliction.

D'instinct, Boris se rendit là où il serait apprécié ; son ancien restaurant. Il regarda par la fenêtre et vit Isabelle en train de servir ses trois amis. Mais étaient-ils vraiment ses amis ? S'étaient-ils enquis de sa vie depuis un an ? Pouvait-il compter sur eux ? Une cruelle évidence s'imposa dans l'esprit serein et triste de Boris. Sans lui, ses amis, comme il le voyait, s'amusaient. Sans ou avec lui, peu importait. Peut-être Isabelle daignerait-elle partager sa déréliction et surtout sa couche, mais Boris ne voulut point y songer, ne désirant pour rien au monde agir comme Fleur.

Il devait trouver un remède sans délai et essayer d'affronter son deuil pour ne pas y succomber.

— La foule, murmura-t-il, la foule...

Boris crut qu'un contact aussi vulgaire et tumultueux le remettrait d'aplomb. Il gagna le centre-ville et plus les gens affluèrent, plus son mal s'amplifia. Il sut alors pourquoi il avait toujours préféré ses objets, refusant de vivre avec des humains pour ne pas souffrir. Boris n'aimait pas les gens parce que, contrairement aux objets, ils donnent une représentation d'eux-mêmes, vivent dans le mensonge. Un presse-purée reste un presse-purée. Une femme fidèle peut devenir fille légère du jour au lendemain. Boris n'avait qu'à regarder les passants, reflets tronqués, pour s'en rendre compte. Qui, dans toute cette foule, pouvait s'offrir le luxe d'affirmer : « Je suis authentique ! »

Boris sombrait encore et encore, ne trouvant aucune parole salvatrice pour le retenir dans sa chute, ni aucune main complaisante. Il était seul au milieu de la plèbe. Tout lui semblait absurde, dénué de sens, et la ville parut encore plus hostile.

— Acheter, oui, A-CHE-TER serait peut-être la solution, l'unique solution... se dit-il.

Boris obliqua à droite, accéléra ses pas, comme s'il voulait fuir son chagrin, du moins le distancer suffisamment pour arriver à destination. Il pénétra presque avec violence dans le centre commercial et la foule l'observa quelques secondes avant de l'oublier au profit de son obsession ; acheter à tout prix, acheter n'importe quoi ! Dépenser de l'argent de manière matérielle, et non sensible, encore moins intangible. Il fallait bien que pour compenser la vanité de leur porte-monnaie, leurs sacs se remplissent. Les soldes venaient de finir et on préparait déjà la rentrée, donnant des occasions pour agioter, dilapider le maigre pécule au lieu d'en jouir. Boris fut écœuré par tout ça, ces gens qui fouinaient pour débusquer la belle et mirifique affaire, qui épuiseraient leur carnet de chèques, videraient leur compte pour combler le vide de leur existence, le manque d'amour et surtout d'idées... compenser l'affection qui nous manque par l'abondance de biens matériels, était-ce la solution ? Tous ces objets nous apporteraient-ils ce qui nous faisait douloureusement défaut ou nous changeraient-ils assez pour découvrir l'amour ? Boris n'y crut pas un seul instant. Ce n'était qu'une histoire de possession. Ne préférons-nous pas posséder des objets que se posséder soi-même, se trouver devant l'obligation de changer, de s'adapter, de partager ? Il est plus facile d'acheter un objet qui nous renverrait une image de nous si peu choquante.

Boris, jusqu'alors immobile, se mit en branle, avança, parcourut le magasin pour tenter de ranimer sa flamme d'antan. Si nous passions moins de temps à désirer toutes ces broutilles qu'il nous faut soi-disant posséder, ne consacrerions-nous pas davantage de temps à chercher l'amour, à le trouver et surtout à l'entretenir ?

Boris Stepanovitch se posait ces questions, insensible au brouhaha ambiant et ne remarquant que ce qui l'entraînait dans sa chute. Il sortit du magasin, plus que désespéré. Une seule idée en tête. Une idée macabre. Il rentra chez lui, le cerveau lacunaire, le cœur insensible, la respiration tranquille. Il venait de prendre une décision.

Parvenu dans sa cave, il se dirigea avec nonchalance vers son coffre, Odessa zigzaguant entre ses jambes, l'ouvrit, en sortit un étui en cuir duquel il dégaina un antique pistolet à barillet et le chargea d'une balle. Dans un excès de douleur, Boris ne se reconnut plus. Il voulait se suicider et s'assit sur son divan. Odessa bondit sur ses genoux, s'y blottit, pressentant un malheur, et ronronna tant qu'elle put pour l'en empêcher. Boris, impassible, prit l'arme, la regarda avec amour, fit rouler le barillet, le posa sur sa tempe, sourit et appuya.

Clic !

Le logement du barillet était vide. Le duel entre Boris et la mort pouvait continuer.

Clic !

Le sourire de Boris sembla se perdre de son visage et il appuya encore une fois.

Clic !

Cette fois, sa conscience morale lui revint. Il jaillit de son hébétude, vit ce qu'il tentait de faire et un haut-le-cœur l'étreignit. Il caressa Odessa pour se raccrocher à un être vivant, pour ne pas laisser ses pulsions macabres l'emporter au-delà de son existence, et le ronronnement de sa chatte l'en sortit définitivement. Il ouvrit le barillet et constata que la balle se trouvait dans le dernier logement. Il aurait dû accomplir le tour du cylindre pour y succomber ! La roulette russe avait décidé à sa place. Il lui fallait vivre. Boris se leva, nourrit Odessa, qui, joviale de voir son maître réagir, ronronna de plus belle. Stepanovitch saisit une bouteille de vodka, descendit dans sa cave, s'assit sur un fauteuil Voltaire et contempla la salle à moitié vide, en entamant sa bouteille à même le goulot. Puis, il détailla tous les objets, buvant chaque fois une lampée d'alcool.

Finalement, il contempla la bague et acheva cul sec la bouteille. La réalité se teinta de formes éthyliques. Les contours se brouillèrent et Boris se laissa porter par la légèreté que la vodka procure au début de l'ivresse. La porte sembla bouger, sortir de ses gonds et danser. Boris la regarda comme si ce phénomène était tout à fait normal. Les objets parurent s'humaniser et danser un ballet autour de lui. L'horloge, la fameuse horloge, lui susurra :

— Boris, le temps passe, profites-en avant que jeunesse ne te chasse de son territoire !

La porte semblait danser un tango avec une armoire, et Fleur apparut au milieu du tumulte :

— Viens danser avec moi ! Je t'aime encore...

À ce moment, Buzz et Woody jaillirent. Il ne les avait pas vus depuis si longtemps qu'il sursauta. Le spationaute et le cow-boy lui avaient tant manqué. Ses deux personnages se jetèrent sur Fleur, la ligotèrent, la bâillonnèrent et, sous l'effet, semble-t-il, du manque de soleil et d'eau, elle se cramoisit avant de disparaître.

— Une bonne chose de faite ! lança Buzz.

— Je ne te le fais pas dire ! acquiesça Woody.

Ils se mirent eux aussi à gigoter en appelant Boris.

— Allez, viens !

— Il te faut vivre...

La bague, maintenant animée, resplendissait et murmura à Boris.

— Je veux qu'on me porte... regarde comme je serais belle sur une main...

Buzz et Woody crièrent pour supplanter la voix adamantine de la bague.

— Allez, viens, il te faut vivre !

Boris laissa échapper la bouteille qui roula en touchant le sol. Tout reprit sa place, ses retranchements. Plus rien ne divaguait et Boris changea de rêve.

*

Lors d'une brocante dominicale, un petit garçon juché sur les épaules de Boris lui demande :

— Papa, papa, achète-moi un jouet, s'il te plaît...

Tenant l'un des pieds de l'enfant d'une main, Boris farfouille de l'autre dans le tas d'objets, et, en se redressant, il aperçoit Fleur portant dans ses bras un bébé assoupi.

— Je t'aime, petit tsarrr, murmure-t-elle

Et ils continuent leur déambulation jusqu'à ce que Boris trouve ce qu'il est venu chercher.

— Petit tsarrr ?

Ce matin-là, Boris s'était réveillé dans sa cave un peu vaseux et il avait remis la bague dans son coffre.

— Tu rrrêves encorrrre et toujourrrs, petit tsarrr !

Maintenant assis sur le perron de son magasin avec Odessa à côté de lui, il sortit de ce rêve éveillé et n'en crut pas ses yeux. La manouche était là, devant lui, bien réelle, le visage toujours ravagé, un sourire découvrant ses chicots.

— Offrre-moi ta main pourr que j'y lise ton avenirrr.

— Partez avant que je vous chasse à coups de pied... et de balai ! dit Boris, sans tendre sa main.

— Pourrrtant, petit tsarrr, je peux t'éviter d'autrrres déboirrres !

— Pour rien au monde, je ne veux savoir mon futur, vieille sorcière ! L'avenir se construit au présent et non pas de peur d'être seul... ou par volonté qu'il soit autrement.

Elle plongea son regard dans celui de Boris, comme si elle tentait de pénétrer son âme.

— N'as-tu donc rrrien apprrris d'autrrres ?

Boris resta coi et la manouche le regarda tristement, puis s'éloigna en murmurant :

— Seul, tu es seul et seul tu rrresteras, petit tsarrr !

Avec Odessa, il observa la manouche en haillons disparaître de sa vue et repensa au rêve éveillé qui avait accaparé son esprit et il se plut à y songer, à en rêver, mais vivrait-il cette gageure ? Pardonner à Fleur ? Oublier pour pardonner ? Oublier que les humains donnent rarement une représentation fidèle d'eux-mêmes ?

En se réveillant, il avait eu la certitude qu'il aurait pu la reconquérir. Il savait qu'elle devait encore éprouver un peu d'amour pour lui. Un an de vie commune ne s'efface pas en vingt-huit jours. Il n'avait qu'à, s'il le voulait, la reconquérir, ranimer la flamme, la demander en mariage et le reste s'ensuivrait, le reste suit toujours. Mais pouvait-il vivre dans cette illusion ? Lui donner assez de crédit pour y croire ? Ferait-il des efforts ? Ferait-elle des efforts ? Une voix l'interrompit dans sa réflexion :

— Boris Stepanovitch ?

— Oui.

— Bonjour. C'est pour le déménagement.

— Les meubles sont là. Faites très attention et apportez-les à cette adresse.

Boris avait loué un hangar pour y entasser toutes ses affaires pendant qu'un décorateur décorerait son magasin, son appartement et sa caverne d'Ali Baba. Il avait depuis trop longtemps négligé son magasin et il voulait prendre un nouveau départ, sans Fleur, même si l'idée d'une vie commune le flattait pour l'instant, assis sur le pas de la porte ; elle ne resterait certainement qu'un phantasme. Il n'acceptera plus de vivre dans le mensonge, plus jamais. Que ce soit pour l'amour ou pour les objets ! Il ne prétendra plus préférer l'un aux autres, et puis il trouvera une femme qui voudra s'abandonner aux plaisirs charnels dans sa cave, dans son jardin secret.

Le décorateur devait venir l'après-midi même pour établir le devis et pour choisir les couleurs et les matériaux. Les travaux, eux, dureraient bien trois semaines, un mois et, au lieu d'aller à l'hôtel, peut-être irait-il en Russie, sa mère patrie pour renouer avec ses racines, les faire vibrer.

Pour l'instant, le déménageur déménageait et Boris se devait de remplir sa pièce si dénudée, de la garnir. Il se leva, prit Odessa sur son épaule — peut-être qu'avec le temps, elle deviendrait trop lourde — ajusta son panama et partit tranquillement à pied.

Il arriva à la brocante, ravi, se demandant ce qu'il pourrait bien acheter. Son portefeuille était plein à craquer et Odessa ronronnait. C'est à ce moment-là que Boris les vit. Elles étaient là.

L'une, il la retrouvait enfin, c'était la théière du samovar de sa grand-mère, du moins une réplique exacte. Il pourrait ainsi déguster du thé aux saveurs du passé et à l'odeur des réminiscences.

L'autre, il l'avait entr'aperçue à la brocante qu'il avait tenue avec Fleur, lorsqu'il s'était mis à apprécier les femmes pour ce qu'elles étaient. Elle était belle, magnifique. Les tempes de Boris se gonflaient de sang, de plaisir, son cœur sembla se réveiller d'une longue hibernation, battant un peu, réchauffant son sang et ses idées. La Russie pouvait bien attendre. Elle serait toujours là pour Boris et puis ne serait-ce pas mieux d' aller en voyage de noces et y découvrir ses racines. La théière était ravissante et la vendeuse aussi. Elles étaient irradiées de soleil.

D'amour et d'eau fraîche, Boris s'en serait maintenant contenté, mais il allait vivre une vie semée d'amour et d'objets. Il accosta alors la vendeuse, le sourire enjôleur et le regard passionné.

— Bonjourrr... c'est combien ?...

Thibault Gardereau vit au Québec avec sa femme, la danseuse Alicia Smithers. Il ne collectionne rien.

# TABLE DES MATIÈRES